春琴抄

[日]谷崎润一郎 著

杨本明 陈海燕 译

广西师范大学出版社
·桂林·

小阅读·经典

目　录

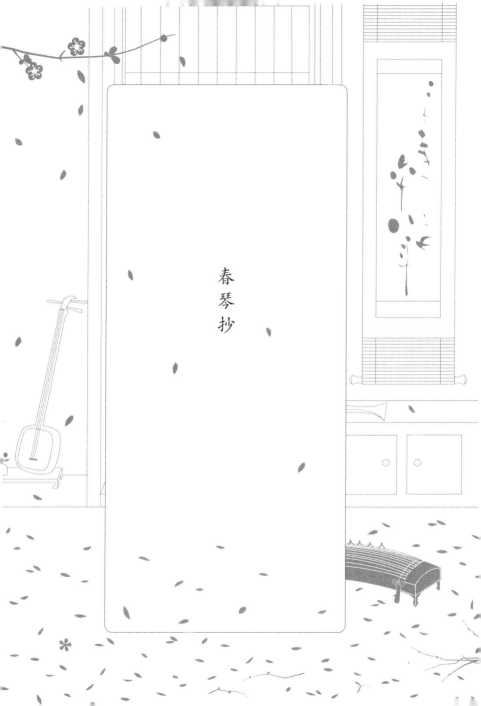

春琴抄

　　春琴，原名鵙屋琴，生于大阪府道修町①一药材商之家，卒于明治十九年②十月十四日。葬于市内下寺町净土宗③一寺庙中。前几日，途经此地，忽生扫墓之念，遂移步寺中，恳请僧人为我指路。僧人对我说，"鵙屋小姐之墓在这边"，说罢便领我来到正殿之后。我放眼望去，只见在山茶树荫之下，鵙屋家数代先人坟墓并立眼前，却无春琴之墓。于是，我便向僧人描述了春琴之模样，询问其墓地所在。僧人沉思片刻后说道："听您这么一说，说不定那边那一座就是了。"说罢便带我沿东侧斜坡而上。众所周知，下寺町东侧后方有一片高地，生国魂神社就耸立于上。经由方才所说的斜坡可以从寺庙直达这片高地。斜坡之上树木繁茂，多是些大阪罕见的树木。半山坡被夷平，春琴之墓就建于其上。墓碑正面上书法名"光誉

①　位于大阪府大阪市中心地区，自江户时代以来，就一直是药材批发中心。大阪，明治三年（1870）前曾用名"大坂"，本文依照日文原版，保留"大坂"用法。《盲目物语》原书为"大坂"。（本书若无特别说明，则注释均为译注。）
②　1886年，明治天皇即位后改元，取《易经》中的"圣人南面而听天下，向明而治"为年号。
③　日本佛教的一个分支，创立于1175年，教宗是法然。

春琴惠照禅定尼"，背刻"俗名鹈屋琴，号春琴，明治十九年十月十四日殁，享年五十八岁"，侧面刻着"门徒温井佐助谨立"字样。春琴虽然终生未改"鹈屋"之姓，但是与"门徒"温井检校①实为事实上的夫妻。这或许正是她避开鹈屋家族墓地，而另辟安息之地的缘由所在。僧人对我言道："鹈屋家族中途没落，近年虽偶有前来祭扫者，却不曾拜谒春琴之墓，故误认为春琴不属于鹈屋一系。"我追问道："您的意思是说春琴之墓无人祭扫了？"僧人答道："不，并非无人祭扫。家住萩之茶馆的一位七旬老妪，每年前来祭扫一两次。这位老妪每次祭扫完春琴小姐之墓后，喏，看那边还有一座小墓吧，"僧人一边用手指着墓碑左侧的一座坟墓，一边说道，"每次祭拜之后，都会献上香花再走。连诵经费用也都是她缴纳的。"顺着僧人所指的方向，我来到那座墓碑之前。只见这座墓碑仅有春琴墓碑一半大小。碑面刻着"真誉琴台正道信士"，碑背刻有"俗名温井佐助，号琴台，鹈屋

---

① 也即温井佐助。检校指古筝当中的最高级别。

春琴门人，明治四十年十月十四日殁，享年八十三岁"字样。这就是温井检校之墓。至于萩之茶馆的老妪，后文还会提及，此处暂且按下不表。此墓碑比春琴之碑要小，并且碑文上书"门人"二字。从仙逝之后尚且严执师徒之礼这一点来看，应该是检校生前留有遗嘱。残阳斜照，墓碑蒙辉。我伫立于斜坡之上，远眺脚下蔓延的大阪美景。自难波津^①时起，此处应该就是丘陵地带，高地从此处向西蔓延，一直延伸至天王寺。谁料如今却备受煤烟侵扰，草木陈灰，毫无生机，参天巨木，形骸枯槁，给人万般萧索之感。当时，墓碑初立之时，想必此处也是浓荫蔽日。时至今日，若论起市内的墓地，此处也算是闹中取静，风景绝佳了。因为一段奇缘，师徒二人长眠于此，两人守望着暮色之下曾经雄霸东洋的工业城市。今日的大阪沧海桑田，物是人非，早已不见检校在世时的影子。唯有这两座石碑仿佛还在诉说着师徒两人的海誓山盟。温井检校一家原本信奉日莲宗，除了检校外，温

----

① "难波"是大阪的旧称，"津"指渡口。难波津指昔日大阪港。

井一族的墓地都在故土江州日野①町一寺院中。而温井检校舍弃列祖列宗的信仰，改投净土宗，这是他的殉情之举，即便作古，也不愿离开春琴半步。据说，春琴在世之时，已将师徒二人的法号、两座墓碑的位置以及大小比例诸事商量妥当。目测春琴之碑高约六尺，检校之碑不足四尺，两座石碑并立于石板之上。春琴之墓右侧植有一株松柏，松枝蔓蔓，似穿顶般笼罩于墓碑之上。松枝尽头两三尺处便是检校之墓，其墓侍立一旁，毕恭毕敬。看到此景，眼前不由得浮现出检校生前"如影相随，侍奉师尊"的殷勤之貌，墓碑亦若有神灵，一副乐在其中的样子。我在春琴墓前跪下，行了叩拜之礼。然后，手搭检校墓碑之上，摩挲着石碑之顶，徘徊于山丘之巅，直至夕阳沉没于闹市。

最近，我偶得一书，名为《鵙屋春琴传》。阅罢此书，我了解了春琴其人其事。书使用日本手工制

---

① 现在滋贺县日野，位于滋贺县南部地区。

和纸，四号活字印刷，大约有三十几页。据此可以推断，这本书大概是师傅春琴三周年忌时，弟子检校委托他人编纂，随后流传于世间。书用文言文写就，检校之事也用第三人称叙述。不过，书中内容应是得到检校的授意。因此，可以说这本书的真正作者是检校本人。书中有言："春琴家，世称鵙屋安左卫门，居大阪道修町，经销药材。传至春琴之父，已有七代。其母阿繁生于京都麸屋町，为迹部氏人。嫁于安左卫门，育有两男四女。春琴为次女，生于文政十二年[①]五月二十四日。"又言道："春琴自幼聪颖，天生丽质，高贵典雅，无可比拟。四岁始习舞，进退举止，悬然天得。舞姿翩翩，娉婷袅娜。舞姬犹不及也。其师奇其才，常叹曰：'嗟乎！此子其才其质，名扬天下，指日可期。却生为良家之女，幸乎哉？悲乎哉？'她自幼习读，博闻强识，大有凌驾两位兄长之势。"上述记载把春琴奉为神明，如内容皆出自检校之口，是否可信，实不好说。不过，至于春琴"端庄秀丽，气质高

---

① 1829 年。

雅",确有其证。据传,彼时妇人身材矮小,春琴高亦不足五尺,脸部和手脚小巧,极为秀气。观看今日所传春琴三十七岁时的照片,棱角分明的瓜子脸,鼻目精致,像是用灵巧的手指逐一捏出来的一般,秀气无比,仿佛一碰即逝。不过,毕竟是明治初年、庆应[①]年间拍摄的,照片早已斑斑驳驳,如远古之记忆,模糊不清。虽然照片朦胧不清,仍能看出大阪名门闺秀的气质。虽然面容姣好,却无个性鲜明之处,未曾给人留下深刻印象。说她已是三十七岁,固然可信。说她只有二十七八岁,亦无不可。此时,春琴双目失明已有二十余载,从外表看来却不像是盲人,仿佛在闭目养神。佐藤春夫有言:"聋者若愚人,盲人似智者。"何故?这是因为耳聋者为了听清别人的讲话,通常会挤眉瞠目,张嘴摇头,若痴人之状。而盲人则是静坐俯首,闭目凝神,作深思熟虑之态。不知是否可以一概而论,因为菩萨之眼,也即所谓的"慈眼视众生"的"慈眼"是半睁半闭的,世人早已熟知菩萨的半垂

---

① 日本年号,在元治之后、明治之前。指 1865 年到 1868 年期间。

之目，就觉得闭目比睁眼更显慈悲仁爱，有时甚至让人心存敬畏。大概由于春琴是一位特别善良的女子吧，每每看到她半闭双目，就如同叩拜观音菩萨画像一般，顿生慈悲之心。据说，春琴的照片只此一张，可谓绝版之作。她幼小之时，照相技术尚未传入，在她拍摄这张照片的那一年，一场灾难不期而至，所以此后也未再拍照。我们只能以此朦胧之照来揣测她当年的风姿。读罢以上描述，各位读者脑海中会浮现出怎样的春琴容貌呢？恐怕还是朦胧不清吧。其实，就算是看到原照片，恐怕也难有更加清晰的印象。或者说照片当中的人要比读者想象的更加扑朔迷离。试思之，拍摄这张照片之时，春琴已是三十七岁，检校彼时也已是盲人。检校在世时最后所观春琴之容貌应与这张照片相差不大。莫非在检校的记忆中，春琴之容貌已经模糊成这个样子了？抑或是检校为了填补日渐模糊的记忆，想象了另外一位截然不同的贵妇人形象？

《春琴传》又言："父母皆视春琴为至宝，万般宠爱，远甚兄妹五人。九岁之时，春琴患眼疾，不久两目失明。父母悲痛欲绝，其母心疼爱女，怨天尤人，一时如痴如癫。春琴自此弃舞习琴，专事丝竹之道。"春琴因何患了眼疾？不得而知。传记亦无记载。而后，检校曾言道"木秀于林，风必摧之。家师气宇轩昂，技压群雄，一生两度遭人嫉恨。师傅命运多舛全拜这两次灾难所赐"。由此观之，个中似有隐情。检校又言"家师所患乃风眼病"。春琴自幼万般娇宠，性情孤傲。不过，其言行举止落落大方，体恤下人，性格温顺。是故人缘好，兄妹和睦，深受家人喜爱。不过，据说有位乳母，负责照看最小的妹妹，因看不惯春琴父母偏心，遂对她心生怨恨。众所周知，风眼病乃淋病病菌侵入眼结膜所致。检校暗示是这位乳母动了手脚，让春琴双目失明。但是，这究竟是证据确凿之论还是检校一人的臆测，无从知晓。后来春琴脾气暴躁，大概是受到失明一事的影响。此外，由于检校过度哀叹春琴之不幸，他的言辞无意中会有中伤他人之嫌，不可悉数全信。乳母加害一事恐怕也是检校的主观臆测。总之，此处不再深究其因，仅记述春琴九岁失明即可。传记又言"自此弃舞习琴，专事丝竹之道"，其意是春琴之所以能够屈尊于丝竹之道，是因为双目失明。春琴常对检校言道："舞蹈乃我天分，世人皆赞我古筝、三味线之妙，乃不知我矣。若非双目失明，断无习丝竹之理。"听起来这是话里有话，言外之意是："就连我不擅长的丝竹之道，尚且能够弹得得心应手。要是舞蹈的话，那就更不在话下了。"由此可以一窥她傲慢的一面。这些言辞可能多少掺杂了检校夸张的成分。至少她有感而发的一番话，检校是侧耳倾听，铭记于心。这对于塑造春琴伟大的人格，具有举足轻重的作用。前文所表萩之茶馆的老姬，名叫鸱泽照，是生田流①派的一名勾当②。曾殷勤侍奉过春琴和温井检校。据这位勾当回忆，师傅春琴舞技绝佳。五六岁的时候，古筝和三味线又受到春松检校的点拨。自那以后，一直勤学苦练。并非是失

① 古筝的流派之一，为生田检校所创立，主要分布在京都大阪地区。另外一个流派为山田流，为山田检校所创立，主要分布于关东地区。
② 从事古筝人分为座头、勾当、别当、检校四个等级。检校为最高级别。

明之后才开始学习的。按照当时的规矩，家境殷实者从小就要学艺。春琴十岁之时，听了一首高难度的曲目，名叫《残月》，听罢便烂熟于胸，并用三味线弹了出来。由此可见，她在音乐方面也是天资卓越，非常人所及。大概是她失明之后，百无聊赖，才深钻音乐之道，并达登堂入室之境。上述老妪之词比较可信。春琴有音律之才，至于舞技如何，犹未可知。

春琴出身富贵之家，无衣食之忧，其醉心于音律之道，并非是想以此谋生。而后，她成为古筝师傅，开门收徒，那也是另有原委。自立门户之后，不是靠授艺收入来维持生计，修道町的娘家每月都会寄来可观的份子钱。相比之下，授艺的收入简直是微不足道。即便如此，这些钱财也经不起她的骄奢和挥霍。初学音律之时，并无长远打算，只是一时兴起，才苦心练习而已。春琴天生聪颖，乐意学习，为此，"春琴十五岁时，技艺突飞猛进，同辈之中，一枝独秀。同门子弟，亦无出其右者"。这种说法应该不假。鸥泽匀当言道："春琴自诩：'春松检校教授严苛。吾未曾受过训斥，反而时常受褒奖。每每授业，师傅事必躬亲，极为细致。至于他人何故畏惧师傅至此，吾未解也。'"未经习艺之苦，却能登堂入室，此乃天分使然。春琴是鵙屋家的千金之躯，无论多么严厉的师傅，也不能像训导普通人家的孩子那样去对待，多少会宽松一些。在此期间，她贵为千金小姐却遭遇了不幸，双目失明。为人师者观其惨状，难免心生庇护之心。不过，最重要的是师傅检校爱惜其才，并为之倾倒。他对春琴视若己出，若春琴偶有小恙，他便遣人前往修道町问候，或是亲自拄着拐杖前去探望。他常以春琴而扬扬自得，并四处夸耀。业内门徒会聚之时，对门徒言道："汝等皆应以鵙屋家小丝①为榜样，他日营生之技艺，若不及业余之小丝，吾忧甚也。"有人批评他过于袒护春琴，他反驳道："勿妄言，所谓师者，严即是宽。吾对春琴，待之以宽，失之于严。此女天资聪颖，触类旁通，即便不加指点，亦将

———————————

① 此处指春琴。

有大成。若点拨一二，势必后生可畏。届时，汝等岂
不尴尬。她家境殷实，衣食无忧，故不必耳提面命。
尔等愚劣之徒，为师忧汝前程，是故殚精竭虑。安能
发此荒谬之论哉。"

春松检校家位于韧，距鹣屋家店铺约一公里①之
遥。春琴每日在家童搀扶下前去习艺。家童名曰佐
助，也即后来的温井检校。二人的这段姻缘由此而
生。如前所述，佐助生于江州日野，家里做药材批发
生意。他的祖父和父亲做学徒时，都曾在大阪鹣屋做
过工。鹣屋家实乃佐助几代人的老东家。佐助比春琴
长四岁，十三岁时开始做童工。春琴九岁那年失明。
佐助到来之时，春琴美丽的双眼已经看不见光明。佐
助从来没有目睹过春琴明亮的双眸，他不曾以此为憾
事，反而视之为幸运。如若他一睹春琴失明前之芳
容，春琴失明后的容貌一定让他抱憾终生。幸好，他

---

① 千米的俗称。

并未觉得春琴失明后的容貌有何瑕疵，一开始便对其容貌感到心满意足。现如今，大阪的上层人家竞相把府邸搬至郊野，富家小姐们便可玩耍嬉闹，尽享野外的空气和阳光。以前那种深闺佳人、小家碧玉早已不见了踪影。哪怕是现在，那些住在市中心的孩子一般也是体格羸弱，脸色苍白。同乡下长大的孩子相比，肤色亮度迥异。说得好听一点，是白皙洁净。说得不客气点，乃是一种病态。这一点是城市的通病，不仅仅是大阪。不过，在江户，哪怕是女孩子也以肤色黝黑为美，肤色不及京都和大阪人白皙。那些在大阪的旧式家庭中长大的公子哥儿们皆像戏曲中的少爷一样羸弱纤细，弱不禁风。直到三十岁左右，才开始脸色泛红，脂肪增多，身体骤然发福，俨然一副绅士的派头。在此之前，几乎与女性无异，肤色白皙，着装格外阴柔。更何况那些生于旧幕府时期富人家的大小姐们，她们在深宫大院中长大，肤如碧玉，腰似柳枝。在乡村少年佐助的眼中，真是无比的妖艳和妩媚！此时，春琴的姐姐十二岁，妹妹六岁。在初来乍到的佐助看来，无论哪一位都是穷乡僻壤罕见的佳人。尤其是失明的春琴最具魅力。与其他姐妹的明眸善睐相比，春琴双目微闭，顾盼生辉，美不可言。让人顿生花容月貌浑然天成，本应如此之感。据说世人认为四姐妹当中春琴最为俊俏，这多是世人怜其不幸。而佐助则不是，据说后来佐助最讨厌别人说他对春琴的爱是源自对她的同情和怜悯，佐助对此看法很是愤慨。他说："予视师尊之容貌，绝无怜悯或可悲之情。与师尊相比，睁眼瞎反倒可悲。师尊天生丽质，气宇轩昂，何须乞求他人怜悯！反而师尊百般怜惜，常言'佐助可怜'云云。予常言道，'吾等除了目鼻俱全。其余皆不及师尊万一。所谓残疾者，岂非吾辈哉'。"不过这些都是后话，当初佐助可能只是把他炽热的崇拜之情深藏于内心，勤恳地侍奉春琴罢了。应该尚未萌生爱慕之意。纵或有之，一来春琴未经人事，二来又是老东家的千金。佐助能够侍奉左右，每日同进同出，这已经是莫大的造化。令一乳臭未干的小子，每日搀扶着千金小姐，此事着实令人费解。起初，不止佐助一人，时有女仆陪伴，时有童子同行，不一而足。有一次，春琴言道："唯愿佐助同行。"此后，独有佐助陪同。当此之时，佐助年方十四。佐助对此差事感恩涕零。每次必定紧握春琴小手，行走一公里，前往春松检校家，等春琴练完筝之后，再领她回家。途中，春琴鲜有开口，佐助亦不多言。只要春琴不开口，他亦默不作声殷勤伺候，以免出了差错。或人问曰："小姐何故择佐助同往？"春琴答曰："佐助敦厚朴实，娴静少言。"前文已表，春琴原本婀娜多姿，人缘极佳。但是失明以后，脾气暴躁，性格古怪，鲜有欢声笑语，人亦寡言少语。正因佐助沉默寡言，恪守职责，不扰于人，才得到春琴赏识。（据说佐助不忍直视春琴笑颜，大概是因为盲人笑起来丑态毕现，令人哀怜之故吧。此亦非佐助感情所能承受。）

至于春琴所言佐助娴静少言，不扰于人云云，或许并非真实想法。她应该已经朦胧地感受到了佐助的爱意。虽然少不经事，也会为此心花怒放吧。就年方十岁的少女而言，此种揣测或许有点不着边际。然则春琴天资聪明，心智早熟，双目失明，第六感敏锐，此种猜测亦非空穴来风。春琴生性孤傲，即便心生爱慕之情，亦不会轻易表明，故迟迟未对佐助吐露心声。此事疑云重重，至少在佐助看来，起初，他并未进入春琴心中。佐助搀扶春琴之时，把左手抬至春琴肩膀高度，手心向上，让春琴右手置于他手掌之上。佐助之于春琴，不过一只手掌而已。偶尔有事吩咐，或以手势示意，或以皱眉提醒，或似猜谜轻语一声，绝不清楚表明。佐助稍有疏忽，便会不高兴。神情举止、一笑一颦皆令佐助战战兢兢，好像故意在试探佐助的忠诚。原本就是娇生惯养的千金之躯，再加上盲人特有的刁钻，所以容不得佐助有片刻的疏忽。有一次在春松检校的家里排队等候，突然察觉春琴不知所踪。佐助大吃一惊，马上四处寻找。原来是春琴独自如厕去了。平时如厕，春琴亦是默不作声，佐助察觉后，旋即紧随其后，手把手领至厕所入口。然后在外等候，事毕，帮她取水净手。谁料今日，一不留神，春琴自行摸索如厕。只见春琴从厕所走出，正要伸手去水缸里取水洗手。佐助匆忙迎上去，颤巍巍地说了声："对不起。"春琴一边摇头，一边说道："没事了。"不过，此种情况，哪怕她说"没事了"，倘若也跟着附和一句"没事了吗"，那可就不妙了。这种情况下，最好一把抢过匜子，亲自侍奉她洗手为妙。另有一次，某个夏日的午后，他们在排队等候上课。佐助侍立身后待命，春琴自言自语道："真热啊。""是很热呀"，佐助随声附和道，只见春琴没再吱声。片刻之后，春琴又复言："真热啊。"佐助这才恍然大悟，匆忙拿起随身携带的扇子，从她背后扇起来，春琴这才心满意足。扇扇子之时，稍一走神，春琴便喊道："热死了。"春琴竟然我行我素到如此地步，特别对于佐助，犹是如此。但并非对所有下人都是如此。春琴生性骄纵，佐助又刻意逢迎，以至于她越发变本加厉。春琴觉得佐助最好使唤，原因就在他对春琴一直言听计从。佐助也不以此为苦，反而乐在其中。想必佐助是心甘情愿接受她的百般刁难，并视之为恩宠吧。

　　春松检校授艺的房间位于里厢房二层。每次轮到春琴练筝之时，佐助便搀扶着她拾级而上，让她坐在春松检校的正对面，在桌子上摆放好古筝或三味线，然后退至休息室，等着春琴上完课之后再去接她。等候期间，也是屏息凝神，丝毫不敢马虎。估摸着课程快结束了，不待春琴召唤，他便立刻起身前去迎接。是故佐助对春琴所习乐曲耳熟能详。佐助对音乐的兴趣，亦在此时养成。后来佐助之所以能够成为一代宗师，自然同他的天分是分不开的。不过，如果没有侍奉春琴的机会和爱屋及乌的炽热爱情，恐怕佐助顶多能分得鵙屋的一个商号，最后作为一介普通的药材商，平凡地终其一生罢了。佐助后来双目失明，获得检校的称号，仍时常言道"余之琴技，不及春琴万一。若无师尊点拨，岂有今日佐助"云云。佐助百般谦恭，却把春琴奉为九天，他的话不可全信。技艺的优劣暂且不论，有一点是毋庸置疑的，那就是春琴更具天赋，而佐助更加刻苦。十四岁时，佐助想偷偷地买一把三味线，于是就把东家平时给的贴补呀、跑腿时领到的赏钱呀全存了起来。第二年夏天，终于买回一把粗糙的三味线，用来练习曲目。为了躲避管家的责问，他把琴杆和琴身拆卸后分别带入阁楼上的卧室中。夜深人静，等伙计们进入梦乡之时，他才一个人开始练习。不过，当初是为了让他将来能够子承父业才送到东家做了学徒，并没打算让他以三味线营生，也没有那份信心。只因对春琴忠心耿耿，才爱屋及乌地喜欢上了乐曲。他压根就没打算以乐曲为手段来博取春琴的爱，并且对春琴极力隐瞒，这就是明证。佐助和五六个伙计、学徒一起住在一间低矮、狭小的房间，站起身来的话，头就会碰到天花板。佐助以不影响他们睡觉作为条件，央求他们为自己保密。这些伙计们正是贪睡的年龄，一上床倒头便睡，自然没有人抱怨吵闹什么的。等到众人睡熟之后，佐助便爬起来，钻入拿出被褥的壁橱开始练习。阁楼上本来就热，壁橱当中更是炎热难耐。这样，一来可以防止弹三味线的声音外传，二来可以阻挡外部传来的鼾声、梦话等。当然，弹奏时只能用指甲，无法用拨子，并且是在不见一丝光亮的黑暗中，用手摸索着弹奏。不过，佐助并未觉得黑暗有什么不方便。每每想到盲人总是处于这种黑暗当中，春琴亦是在黑暗当中弹三味线，他觉得自己能够置身于黑暗之中是最大的幸福。后来在得到可以公开练习的许可之后，他说："必须像春琴一样弹三味线。"于是，他便养成了一拿乐器就闭上眼睛的习惯。也就是说他虽然不是盲人，但是一直想体会盲人春琴的难处，并且尽量去体验盲人目不视物的窘境。有时就宛如艳羡盲人一样。少年时期的这种心理暗示，为他后期双目失明埋下了伏笔。

无论何种乐器，要想达到登峰造极的地步，皆非易事。小提琴和三味线的指板上没有任何刻度，并且每次弹奏都要调整弦音。要想弹好着实不易，不适合独自练习。人们常说在没有乐谱的年代，拜师学艺，古筝需要三个月，三味线需要三年。佐助没钱购买古筝这样昂贵的乐器。首先，他没法把这种庞然大物搬进来，所以只好从三味线开始学起。据说他很快就学会了调音。这说明他生来就具备辨别音高的能力，至少水平不是一般的高。同时也足以证明平时追随春琴在检校家等候的时候是多么认真地在倾听他人的练习呀。音调的辨别、曲词、音高、曲调全要靠耳朵去记住，除此之外没有可以依赖的东西。就这样从十五岁的夏季开始大约半年的时间，除了同室的室友之外，没有另外的人知道此事。这一年的冬天，发生了一件事情。某个冬日的拂晓，大约早上四点钟，外面还是漆黑如深夜。鹑屋家的女主人——春琴的妈妈阿繁夜起如厕，偶然听到了有人在弹《雪》①这首曲子，却不知是从何处传过来。过去有"冬练三九"的习惯，指的是在寒夜中，东方泛白之际，于寒风中苦练本领。修道町这一区域遍布药材店铺，多是些本分经营的商家，并非是戏曲杂耍之辈集居之所，亦非灯红酒绿之地。在这夜阑人静的时候，就算是冬练三九，时间也对不起来。若真是冬练三九，应该使劲拨弄琴弦，怎么能是用指甲轻轻地弹奏呢。并且反复练习同一个地方，直到满意为止，练琴者认真的程度可见一斑。鹑屋家的女主人虽然心生疑虑，但也没放在心上就回去睡了。后来连续三日晚上起夜之时，听到有人在弹曲子。事情一传开，有人说"我也听到了，不过

---

① 三味线的乐曲，相传为峰崎勾当所作。

不知所踪"，有人说"绝不是狸在拍肚皮，声音不同"云云。在伙计们还毫不知情的情况下，这事在内宅已是满城风雨。如果佐助自入夏以来一直闷在壁橱当中练习的话，那倒平安无事了。他见无人察觉，胆子逐渐大了起来。毕竟是在忙碌的家务之际见缝插针地练习三味线，睡眠日益不足，一到暖和的地方就容易犯困。于是，到了暮秋时节，每晚他便悄悄地跑到晾衣台上去练习。一直是晚上十点睡觉，凌晨四点起来练习。三点左右一觉醒来便抱着三味线来到晾衣台。在刺骨的寒冷中独自练习，直至东方泛起鱼肚白，才回床休息。春琴母亲所听到的曲子便是佐助习琴的声音。佐助每晚悄悄溜去的晾衣台位于店铺的正上方，与住在晾衣台正下方的伙计们相比，那些住在只有一院之隔的内宅的人，一打开走廊旁的窗户便可听到佐助的弹奏声。受到内府的责备，对所有的伙计进行了调查，最后得知是佐助所为。在大总管面前，他被严加训斥了一顿。眼看今后没法弹三味线了，甚至连乐器也要被没收。没想到就在这个紧急关头，有人竟伸出了援助之手。内府提出先要看看佐助琴技如何，首倡者便是春琴。佐助暗自忖度春琴若知此事，定会心生不快。引路书童，只需做好分内之事即可。区区一介小厮，安敢觊觎阳春白雪之事？春琴究竟会怜悯呢，还是会讥笑呢？左思右想，惴惴不安。一听到要让他一展身手，越发惶恐不已。心中暗想：余心之诚若能通达上苍，感化春琴，岂不美哉。细思之，所谓"一展身手"只不过是徒增笑料，多半是带有戏谑成分的恶作剧罢了，何况毫无自信在人前献艺。不过，既然春琴金口已开，轻易推辞不掉。老夫人和姐妹们亦是饶有兴致。于是，佐助便被叫到内庭，在众人面前一试身手。对于佐助来说，这可是一次闪亮登场。彼时，佐助业已学会五六首曲子，众人令他把熟练的悉数展示一番。他便遵从指示，壮起胆子，全神贯注地弹了一通。既有诸如《黑发》① 这种简单的曲子，也有似《茶音头》② 这种难的曲子。原本就是杂

---

① 三味线的曲目之一，江户后期，由湖出市十郎作曲，多被用作初学者练习用。
② 三味线的曲目之一，十九世纪初期，由京都著名盲人艺术家菊冈检校作曲。

乱无章地胡乱学来的曲子，所以好多东西记得毫无章
法。正如佐助先前所料，鵙屋家的人原本打算奚落佐
助一通。看到他短期之内自学成才，曲子弹得抑扬顿
挫，众人听罢无不叹为观止。

《春琴传》曰："当是时，春琴怜佐助之志，遂
曰：'汝心诚笃，妾甚赏之。尔后，妾自教汝。汝有
闲暇，当以妾为师，诚宜发愤习之。'春琴父安左卫
门终许之。佐助喜不自胜，奉公之余，每日留出时间
求教。如是，十一岁少女与十五岁少年，于主仆关系
之外，又结师徒之缘。善哉。"春琴原本性情乖戾，
为何突然对佐助温情脉脉？其实这并非春琴之意，而
是周遭之人有意撮合。春琴双目失明，即便生于富贵
人家，也难免心生孤独寂寞之情。对此，父母自不待
言，身边的丫鬟也一筹莫展！正在绞尽脑汁想办法去
安慰她，逗她开心的当口，突然得知佐助与她趣味相
投。对于春琴的任性妄为，内府的用人们早已束手无
策，他们心想：如把这份差事推给佐助，自己的负担

岂不就减轻了。于是，他们便添油加醋地说道："不料佐助竟是天生奇才！小姐不妨指点一二，佐助定会欣喜若狂！"不过，如果奉承得不好，春琴绝不会上当。幸好此时春琴对佐助无厌恶之情，说不定内心早已泛起了春潮！总而言之，对于父母、兄弟以及一干下人而言，春琴肯收佐助为徒实在是一件皆大欢喜的事情。至于年仅十一岁的小老师究竟能否指点迷津，这并不重要。找到一个给她解闷的人，众人也可以松一口气了。实际上不过是过家家的游戏，让佐助去当春琴的玩伴罢了。所以，与其说是为佐助着想，倒不如说是为春琴安排的。但是，从结果上来说，确实是佐助受益更多。《春琴传》虽言："奉公之余，每日留出时间求教。"但是，每日除了侍奉春琴，还要到其闺房习乐。商铺诸事，自是无暇顾及了。安左卫门原本打算把佐助培养成经商之才，不料竟成了女儿的侍从，有愧于佐助家乡父老。不过，毕竟小厮前程事小，女儿欢心事大，何况佐助也是甘之如饴。安左卫门也就顺水推舟，默然许之了。自此，佐助尊称春琴为师，当然也可呼作"阿琴"。不过，上课之时，春琴令他务必尊称"师傅"。春琴也不叫他"阿助",而是简称他为"佐助"。一切皆效仿春松检校与弟子相处之道,严执师徒之礼。如此一来,正如大人所愿,天真无邪的过家家游戏得以延续。春琴借此忘记了孤独。此后,经年累月,二人沉醉其中。两三年后,师徒二人竟然认真起来。每日二时,春琴到韧地检校家学习三十分钟到一个小时的课程,回家后一直练习到傍晚时分。晚饭过后,有时来了兴致,就把佐助叫到二楼的客厅指点一二。这逐渐成为每日必做的功课,有时到了晚上九十点还不放他回去。"佐助,我是这样教你的吗?""不行,不行!你就是弹到天亮,也得给我弹出来!"楼下下人时常听到她严厉的训斥,无不为之咋舌。有时这位小师傅还会一边大骂"蠢货,为什么总记不住",一边拿起琴拨子去敲打佐助的头,弄得佐助哭哭啼啼,已是家常便饭了。

众所周知,昔日授艺,管教格外严格,往往还会体罚徒弟。今年二月二十日大阪《朝日新闻》周日版有一则小仓敬二的文章，题目是"人形净琉璃①——充满血泪的习艺之路"。文中说，摄津大掾②死后，第三代名人越路太夫的眉间留有一大块疤痕，形如新月。这是他的师傅丰泽团平③骂着"猪脑子，怎么总记不住啊"的时候，用拨子把他砸倒在地之后所留下的痕迹。又说，文乐座的木偶戏演员吉田玉次郎的后脑勺上也留有同样的疤痕。玉次郎年轻的时候陪师傅——名角吉田玉造——演《阿波之鸣门》，师傅在"捕捉"一场里操纵十郎兵卫这个木偶，由玉次郎则负责这个木偶的脚部动作。当时十郎兵卫应是健步如飞的动作，但是纵然玉次郎使出浑身解数，还是不能令师傅吉田玉造满意。师傅大骂一声"蠢货"，抄起格斗用的真刀，冷不丁地朝徒弟的后脑咔嚓一下砸了下去，留下的刀疤至今犹存。就连这个怒打玉次郎的吉田玉造也曾被师傅金四抡起木偶——十郎兵卫砸破

① 日本传统曲艺，由说唱者、三味线、木偶相互配合的说唱艺术。"人形"的意思是木偶或者傀儡，"琉璃"的意思则是一种伴以三味线演奏的戏剧说唱。
② 指竹本摄津大掾，明治初期著名说唱艺人。
③ 明治初期著名的三味线艺人。

过脑袋，木偶都被血染红了。他向师傅要来了那个血迹斑斑、不成形的木偶脚，用丝棉裹住，收藏起来。时不时地取出来顶礼膜拜，宛如祭祀母亲的亡灵一样。还时常哭着说："要是没有这个木偶的当头棒喝，自己这一辈子也不过是一个普通艺人罢了。"上一代的大隅太夫在习艺之时，乍一看笨得像一头牛，被人称为"阿呆"，他的师傅是那位赫赫有名的丰泽团平，俗称"大团平"，是近代三味线的巨擘。某个闷热的夏夜，这位大隅在师傅家学习《树荫下的交战》中的《壬生村》这一章节，其中有一句"护身符可是遗物呀"的台词，无论如何也讲不好。一而再，再而三，重复了无数遍，仍然得不到师傅的认可。师傅团平干脆支起了蚊帐，躲在蚊帐里听。大隅在蚊子的叮咬下，一百遍、二百遍、三百遍，不停地反复练习。夏日的夜晚很短暂，不知不觉东方已经开始泛白。大概师傅也累坏了，好像早已进入了梦乡。但是师傅没说"好"，他便发挥了"阿呆"的那股笨劲，认认真真地反复练习着。"可以了"，蚊帐中传来团平的声音，师傅看似睡着了，原来一直在认真听着。此类佳话，恐怕不胜枚举，这不仅限于净琉璃的太夫以及木偶戏表演者。生田流的古筝和三味线的讲习亦是如此。而且这方面的师傅大多是盲人检校。作为残疾人，多是一些脾气古怪的人，授课往往很严苛。如前所述，春琴的师傅——春琴检校的授课也以严苛著称，动辄非打即骂。师徒双方往往都是盲人，每当被师傅责骂、殴打之时，不免往后退缩。有时一个不留神就从二层的楼梯上面跌落下来。后来，春琴悬起"琴曲培训"的招牌，开始招收学生，其训练方法也是极其严苛。这是沿袭了先师的做法，并非是凭空而来的。这种授课方式早在教授佐助的时候就已经萌芽了。也就是说在当小师傅做过家家游戏时，已经逐渐成形。有人说，男老师训斥学生是常有之事，但是像春琴这样一个女老师去殴打男学生，实属罕见。据此判断，春琴应该有些性虐待的倾向，她以授艺为托词，借此来享受一种变态的性快感。此事究竟是否属实，时至今日，尚难断定。不过有一点是肯定的，那就是孩子在做过家家的游戏时，必定会模仿大人。因为检校师傅对春琴宠爱有加，所以她习艺之时未曾遭受皮肉之苦。平时，春琴对检校师傅的言行耳濡目染，幼小的心灵自然就有了"为师者，自当如此"的想法。在玩耍之际，就开始模仿检校的做法，这也是情理之中的事了。日积月累，逐渐养成了她的这种性格。

大概由于佐助生性怯懦，每次被春琴殴打，都会痛哭流涕，并且是那种非常没有骨气的号啕大哭。旁边的人听到后皱着眉头说："春琴的责骂又开始了。"起初，大人们只是想给春琴找个玩伴而已，事已至此，他们也是左右为难。每晚古筝和三味线的声音一直持续到半夜，让人感到聒噪。此外，春琴声色俱厉的斥责声，再加上佐助哭哭啼啼的啜泣声，直至深夜还不绝于耳。有位女仆可怜佐助，觉得这样对春琴也不好，忍不住进去制止，劝说道："哎呀，大小姐，您这又是何苦呢？为了区区一个小厮，真不值得。"春琴听到劝阻之后，反而正襟危坐，神情肃穆地训斥道："与汝等无关，请勿多言。吾乃真心教他，绝非儿戏。吾乃为佐助所谋，才严以待之。殴打也好，辱骂也罢，皆为学艺。汝等不知乎?"《春琴传》亦有记载，传曰:"汝等欺姜年幼，欲冒渎艺道之尊严乎!姜虽年少，却忝列师位。为人师者，自当有师道。姜授技佐助，原非一时儿戏。佐助生来好音曲，然身为小厮，无法师从名检校。姜怜其独学，姜虽年少才疏，愿为其师，殚精竭虑，欲达其志也!汝等不知，速退去吧。"一通慷慨陈词。众人惧其威严，惊其辩才，常屈身而退。据此可以想象春琴那副盛气凌人的样子。佐助虽然啼哭，但听到春琴的一席话，自然感恩戴德。佐助哭鼻子，不仅是因为学艺艰辛，这位亦主亦师的少女的鞭策也让他感激涕零。因此，无论碰到任何艰难险阻，他决不逃避。一边流泪，一边坚持，直到师傅说"可以了"，方才停止练习。春琴心情时好时坏，变幻莫测。唠唠叨叨地大骂一通还算是好的，最怕她默不作声，眉头紧皱，把三根琴弦拨得铮铮作响。或是命佐助一个人弹三味线，她对此不置可否，只是一味地侧耳倾听。此时才是佐助最难挨的时候。某天晚上，练习《茶音头》这一章节的过门部分，佐助吃不准，一直记不住。练了好几次还是错。

春琴不由得怒火中烧，便像往常一样，放下三味线，嘴里念着三味线的过门曲子，"呀，叽里叽里干嗯，叽里叽里干嗯，叽里干嗯叽里干嗯叽里期太嗯，滔磁嗯滔磁嗯路嗯，呀，露露涛恩"，一边用手猛烈地击打着膝盖教他。一会儿又默不作声，什么也不管了。佐助一时不知所措，又不能停下来，只好一边苦思冥想，一边琢磨着弹。春琴一直不置可否。于是，佐助愈发慌了神，浑身汗如雨下，乱弹一通。春琴依旧悄无声息，朱唇紧闭，眉头紧皱，岿然不动一直持续两个时辰。母亲阿繁身着睡衣走上楼来，劝说道："诸事有度，过犹不及，恐于己不利。"这才把两个人分开。次日，春琴被叫到父母面前，此前从未训斥过她的父母，这次也苦口婆心地劝说道："汝能授艺佐助，实属不易。责骂弟子，此检校分内之事也，人以为可之，吾亦可之。汝琴技虽佳，然乃学艺之身。汝今匆匆行检校训斥门人之事，恐生骄纵之心。习艺一事，一旦骄纵，恐难上进。况汝乃女儿之身，辱骂男子，污言秽语，实在刺耳。唯有此事，务必谨慎。今后定好时辰，以夜深即停为宜。佐助哭声不绝于耳，众人夜不能寐，不知所措。"倔强如春琴者，亦未反驳，一副服理的样子。不过，这只是表面文章，实际上并无半点效果。她埋怨道："佐助真懦夫也！七尺男儿，胆小如鼠，鬼哭狼嚎，煞有介事。吾亦受牵连。若要技艺精进，即便痛入骨髓，亦应咬牙坚持。如若不能，师徒名分自此断绝。"此后，无论多么辛苦，佐助再也不吭一声了。

鸭屋夫妇见春琴自失明以来，越发刁钻。开始授艺之后，举止日益粗鲁，内心甚是担忧。女儿有佐助为伴，可谓喜忧参半。佐助能侍奉春琴开心，的确难能可贵。不过，诸事都顺着春琴，这样会越发滋长她的脾气，恐怕将来会变成一个性格古怪的女人。夫妇俩对此忧心忡忡。佐助十八岁那年冬日，在主人的安排下，重新进入春松检校门下学艺，春琴不再直接指点。夫妇俩认为，春琴不宜效仿检校师傅授课，否则会对其品性造成不良影响。同时，佐助命运亦定于此时。佐助自此脱离了小厮的身份，开始名正言顺搀着春琴的手，并以爱徒的名义进出检校的宅邸。这既是他本人的意愿，安左卫门也做了不少工作。他说服了佐助故乡的父母，征求了他们的同意。为了让佐助放弃经商，想必安左卫门定是好话说尽，比如保证佐助一辈子衣食无忧，绝对不会弃之不顾云云。此等安排也许是安左卫门夫妇为春琴考虑，有意纳佐助为婿。女儿残疾之身，欲要门当户对，自是困难。若是佐助能够入赘，自然是求之不得的良缘。到了第三年，在春琴十六岁、佐助二十岁之时，父母才旁敲侧击地谈及这门亲事。不料，春琴却一口回绝，声称终身不纳夫婿，至于嫁给佐助，更是想都不曾想过，神情颇为不悦。然而，一年之后，发生了一件不可思议的事情，夫人察觉春琴身体似有异样，带着满腹狐疑暗中观察，似是早已珠胎暗结。夫人担心春琴肚子大起来，下人们口风不严，还是早点采取措施为妙。于是，她背着丈夫，悄悄询问春琴本人。春琴回答"没有的事"。夫人也就不便深究，担惊受怕过了不到一个月，事情终于发展到难以掩盖的地步。这次，春琴坦然承认已有身孕，但是绝口不提男方姓名。家人再三追问，春琴答道："两人有君子之约，不可透漏对方名讳。"夫人又问道："是佐助吗？""岂能与那小厮有染！"春琴摇头否认。众人皆疑是佐助所为，但联想去年春琴曾信誓旦旦，父母不敢妄下结论。而且，倘若真有男女私情，又岂能瞒天过海。这对少女少男不谙男女之事，纵然佯装镇静，亦会露出蛛丝马迹。况且，自从佐助成了春琴同门师弟之后，再未像此前一样对坐到深夜。春琴偶尔以师姐身份指点一二，其他时间皆是心气高傲的大小姐模样，对待佐助与其他用人无异。下人们也不觉得两个人之间有瓜葛，反倒觉得他们主仆之间等级森严，缺乏人情味。不过，此事若是审问佐助，应会水落石出，孩子的生父应是检校的一个门生。谁料佐助也是一问三不知，坚称此事与自己无关，亦不知道孩子的生父是谁。不过，这次被叫到女主人面前，佐助开始战战兢兢，形迹可疑。众人仔细一盘问，更是漏洞百出。他甚至哭诉道："若和盘托出，必为小姐责骂。"众人苦口婆心地劝道："汝一心护主，诚实可贵。然，不听主人之劝，可以隐瞒，实对小姐不利。请务必交代何人所为。"

佐助终未坦白。虽未明言，但听弦外之音，应是佐助无疑。佐助因与春琴立下誓约，决不告诉他人，所以希望众人能够心知肚明。鵙屋夫妇见木已成舟，自是无计可施，心中暗想：此人若是佐助倒也罢了。既然春琴有此心意，为何去年提出这门亲事之时，春琴却言不由衷呢。女儿心，海底针，实在让人捉摸不透。夫妇二人忧愁之余，也算是安了心。为了避免他人说三道四，还是让他们早点在一起为妙。于是，夫人重新向春琴提起此事，春琴满脸不悦地说道："何故旧事重提！去年已有言在先。佐助绝非吾意中之人。汝等怜吾，甚是感激。然，吾虽残疾之身，亦无嫁仆人之意。否则有愧腹中胎儿之父。"两人追问道："那么，孩子生父何人？"春琴答道："勿复以问，决不委身佐助。"这样一来，佐助言辞疑雾重重。究竟谁真谁假，实难断定。不过，此事除了佐助别无他人。事已至此，大概春琴觉得脸上无光，所以才正话反说，估计过些日子就会吐露真情吧。于是，就没再追问，家人决定在孩子出生之前，先把春琴送到有马温泉疗养。春琴时年十七，当年五月，佐助留在大阪，春琴则在两名女佣的陪同下前往有马温泉，一直逗留至十月。在有马温泉疗养期间，春琴顺利产下一名男婴，孩子酷似佐助。孩子生父之谜终于水落石出，不过春琴仍然拒谈婚事，并矢口否认佐助是孩子生父。无奈之下只好令两个人当面对质。春琴声色俱厉道："佐助先生，何故发令人生疑之语！着实令吾难堪！此乃子虚乌有之事，请务必替吾作证。"听罢春琴所言，佐助惶恐道："此乃莫须有之事。我自幼时蒙受鸿恩，断不会做出僭越之事。我实冤枉。"二人异口同声予以否认，事情愈发没了眉目。主人尚且不死心，于是以婴儿相威胁道："此子甚是可爱！汝等若是一意孤行，吾亦不养无父之子。倘若厌恶这桩婚事，只好把婴儿送人抚养。"春琴不痛不痒地说："正合吾意，请送人去吧。吾愿孤老终生，此子实乃累赘。"

于是，春琴之子便被送人。此子生于弘化二年①，

---

①　在天保之后、嘉永之前。指 1844 年到 1847 年期间。这个时代的天皇是仁孝天皇、孝明天皇。

想必今日也应不在人世了，连被送与何人都不知晓。春琴父母应是安排妥当。这样，春琴固执己见，就把怀孕一事搪塞过去。不久，便又厚着脸皮让佐助搀扶她前去学艺。那时，她和佐助的关系几乎成为公开的秘密了。众人意欲成就这段姻缘，二人却毫无此意。父母了解女儿的脾气，万般无奈下，只好默许了二人的关系。于是，这种主仆非主仆、师徒非师徒、恋人非恋人，似是而非的关系持续了两三年。春琴二十岁时，春松检校驾鹤西游。春琴借此机会自立门户，挂起了"纳徒授艺"的招牌。她离开父母膝下，在淀屋桥筋盘下一间房子，佐助也一同前往。在检校生前，春琴琴技已经得到认可，师傅允许她随时可以自立门户。检校取自己的一个字，赐她"春琴"之名。春松检校在举行盛大演奏之时，时常同她一起合奏，或让她弹高音部分，时常给予提携。因此，检校过世之后，春琴自立门户乃顺理成章之事。不过，按照她的年龄和情况等，没必要匆忙自立门户。这大概是考虑到春琴和佐助的关系吧。两个人的关系已经成为公开的秘密，一直处于暧昧状态的话，无法给下人们做出表率。于是，二人采取了权且住在同一屋檐下的计策。这样春琴亦能接受。当然，佐助搬到淀屋桥之后，其待遇也同此前并无二致。无论到什么地方，只是个领路人。检校仙逝，佐助便投入春琴门下，这时二人可以毫无顾忌地以"师徒"相称。春琴不愿以夫妇相待，严执主仆礼仪和师徒之别，甚至连如何措辞都不厌其烦地做出规定。偶有违逆，就算佐助毕恭毕敬地道歉，她也轻易不原谅，严斥佐助失礼之处。刚入师门的门人，不知具体情况，自然不会怀疑二人的关系。据说鵙屋家的下人们背地里说："大小姐这么严肃，她向佐助倾吐芳心时，该是怎样一副神情呢？真想去偷听一下。"为何春琴如此对待佐助呢？这是因为，大阪地区在婚嫁之时，一直有重视家境、资产、仪式的传统，其重视程度远甚东京。大阪本是商人风气盛行之地，封建的世俗习惯盛行至今。为此，像春琴这样的大家闺秀，自然无法摒弃其矜持。佐助在春琴家世代为奴，春琴对他的蔑视恐怕会超出我们的想象，并且因为有失明这一生理缺陷，大概内心燃起了不甘示弱、不愿被人看不起的倔强劲儿吧。若真是如此的话，说不定她心中会暗想："以佐助为夫婿，实乃辱没身份。"这一点，我们需要仔细体会。也即，春琴与下人有了肌肤之亲，羞愧不已，才有意疏离佐助。因此，佐助之于春琴，只不过是她的生理必需品而已。

《春琴传》曰："春琴起居有洁癖，不着带垢衣物。贴身衣裳，每日更换，命人洗濯。且朝夕令人洒扫室堂，厉行不殆。每坐必用手指轻拭坐垫及榻榻米，不容纤尘。"据说门人中有患胃病者，口有臭气而不自知，径至师尊前学艺，春琴按例划了一下三昧线，铮铮作响，遂弃之一旁，紧皱双眉，一语不发。门徒不知所然，惶恐问及缘由，俯问再三。春琴始言道："妾虽盲人，鼻犹灵敏，速去含漱。"正因为她是盲人，所以才有此洁癖吧。这种人成了盲人，周围照料她的人，心思应该需要多么缜密呀，实在是难以推测呀。所谓领路人这一角色，本来只是搀扶一下而已。饮食起居、沐浴如厕等日常琐事不在职责之内，却需全部照料。而且，佐助自幼侍奉春琴左右，熟悉她的性格，只有佐助才能令她满意。从这种意义上来说，佐助实乃春琴左膀右臂。在道修町之时，春琴对父母和兄弟姐妹尚且有所顾忌，成为一家之主之后，其洁癖和我行我素越发不可收拾。佐助的琐事也是日渐繁多。另有一则逸事，这是鹈泽照老妪所言，《春琴传》中并无记载。据说春琴如厕后，从不洗手。何故？因为春琴如厕后之时，自己不动手，全部委托佐助处理。入浴之时亦是如此。据说昔日的贵妇人亦是令人擦洗，毫无羞涩之意。春琴对待佐助，和贵妇人对待用人无异。当然这也可能是因为春琴双目失明的缘故，抑或因为春琴自幼对佐助的嘘寒问暖已经习以为常，所以丝毫不觉得难为情。春琴昔日爱好打扮，失明之后无法揽镜自怜，但是对自己的姿色颇有自信，对衣服、发饰搭配极其用心，丝毫不亚于失明之前。春琴记忆力绝佳，对于九岁时自己的容貌，应该一直记得。时常听到周围人的夸奖和恭维，所以应该深知自己姿色非同寻常。春琴打扮起来，真是煞费苦心。春琴饲有一黄莺，常用其粪便拌糠敷面，且酷爱丝瓜汁。脸部和手脚必须光滑如丝，不然就乱发脾气，生平最害怕皮肤粗糙。但凡弹弄管弦乐器之人，为了拨弄琴弦，都格外注意左手指甲的长度。但是春琴不然，每隔三日必定剪一次指甲，并用锉打磨。不仅左手，双手双脚亦是如此。虽说是剪指甲，实际上眼睛几乎看不出来长长了。哪怕是长长了一二厘，也要命人修剪得整整齐齐。并逐一检验剪痕，不允许有丝毫不光滑。此等杂务，佐助悉数揽下，除了抽出时间学艺，还要代替师傅指点后进。

所谓的肉体关系，亦是林林总总。比如佐助，他对春琴肉体，毫发悉知，不失一隅。两人结下坚如磐石的姻缘，皆非普通夫妇、一般谈情说爱者所能比拟。后来，佐助亦成为盲人，却能够如鱼得水侍奉春琴左右而无大过，绝非易事。佐助终身未纳妾，从少年奉公到八十三岁高龄，除了春琴，别无他爱。因此佐助并无资格对其他女性评头论足。晚年，佐助鳏居之后，时常向周围人炫耀："春琴肌肤，光滑细腻，四肢绵柔。"佐助晚年，唯对此事，一直挂在嘴边。他经常伸出手掌比画道："春琴金莲，恰如吾手心大小。"边抚摸着自己的面颊，边说道："春琴踵部肌肤，胜似吾面颊之光滑。"前面已经交代过，春琴身材娇小。不过，她是穿衣显瘦的类型，不穿衣服时，则格外丰满白皙，皮肤永远散发着青春的光泽。据说春琴平时喜好鱼类和禽类，酷爱鲷鱼美食。当此之时，在妇人之中，春琴算是一流的美食家了。春琴喜欢小酌，每晚必然少不了一合酒①。或许她的美貌同这些饮食习惯有关。(盲人吃饭的时候，看起来吃相不雅，让人觉得可怜。更何况这位盲人是一位妙龄美女。除了佐助之外，春琴讨厌被别人看到用餐时的样子。接受别人宴请之时，仅仅是象征性地动动筷子，看起来优雅至极。事实上，她本人对饮食非常讲究。当然，她吃得不多，浅浅的两小碗，菜肴也是只夹一筷子，每样菜都动动筷子。品种一多起来，伺候的人就很费精力。她好像故意要为难佐助一样。佐助对于剔除鱼刺、剥除虾蟹外壳这

---

① 日本容量单位，一合为 180 ml。

样的事情，早已驾轻就熟。至于香鱼之类的，能够从尾部完好无损地把鱼刺剔除干净。）春琴一头秀发，柔软飘逸，似棉花一样。双手纤巧，手掌柔软细腻。由于时常拨弦，指尖颇有力道。若挨她一记耳光，痛不可言。她脾气非常火爆，却是极怕冷之人。就算是酷暑时节，肌肤也不会流汗，脚部冷若冰霜，一年四季把厚纺绸或绉绸做的窄袖便服当睡衣用。睡觉时长垂下摆，把双脚裹得严严实实，睡姿却纹丝不乱。春琴怕上火，尽量不用暖炉和热水袋。实在冷得受不了，佐助就把双脚放在怀中暖一暖，不过一直不见起效。反而佐助的胸口冰冷起来。沐浴的时候，为了不让浴室雾气弥漫，冬天也开着窗户。在温水当中浸泡一二分钟，如此反复多次。浸泡时间过长的话，马上就会心跳加快，血气上涌。所以必须尽快暖起身子，匆忙洗一洗。读者对这些事情了解得越详细，就越能体察佐助的辛苦。佐助所得到的物质报酬甚少，工资等也不过是时有时无的一点补贴罢了。有时还要为烟火钱发愁，衣服是年末东家置办好的。虽然也代师傅指导学生，但是却没有师傅的名分。春琴命门徒和女佣们直呼其为"佐助"。陪春琴外出授艺时，必定在门外守候。有一次，佐助患了龋齿，右脸颊肿得很高。到了晚上，疼痛难耐。他一直强忍着，不动声色，时不时地去漱一漱口，小心翼翼地伺候春琴。不久，春琴上了床，又是让他揉肩，又是让他揉腰。佐助依令行事，按摩了一会儿。春琴说："罢了，帮我暖暖脚。"佐助惶恐地横卧于春琴脚端，敞开胸怀，把春琴的脚心放于胸口之上。顿时，胸口寒冷如冰，而脸部被床上的热气一蒸反而热了起来。一时牙疼难耐，便把春琴的脚拿到脸部去暖和。疼痛总算缓解，而春琴却不乐意了，一脚踹到佐助脸上。佐助始料不及，"啊"地叫了一声，跳了起来。春琴说道："罢了。吾让汝以胸暖足，何曾令汝以脸暖足了！脚底无眼，然吾心甚明。为何欺吾！汝患牙疾，从日间行至，吾已然晓得。左右脸颊温度有异，高低亦不同，足部亦可感知。若是疼痛，直言便是。妾身非不体恤下人之人。汝佯装忠心，却以主人之身，镇一己之痛。恬不知耻，其心可诛。"春琴对待佐助严苛如此。尤不喜欢佐助对年轻的女弟子好或指导她们学艺。偶有蛛丝马迹，春琴便醋意大发，表面不动声色，暗地里虐待佐助。对于佐助来说，此时生不如死。

　　一介女流之辈，双目失聪，即便奢侈，亦应有度。锦衣玉食，亦应节制。但是，春琴家却非如此。一个主子，却要使唤五六个下人。每月开支不可小觑。为何要花费如此多的财力和人力呢？其一是因为春琴爱鸟，尤其酷爱黄莺。即便在今天，啼声婉转的一只黄莺也要耗费一万日元。昔日恐怕更是价格不菲吧。当然，今天和过去对于黄莺啼叫的辨析和赏玩方式多少有些不同。以当下的例子来说，有的黄莺乃"幽谷之音"，叫起来"叽啾，叽啾，叽叽啾啾"。有的黄莺乃"高昂之音"，叫起来"嘤嘤关关"。除了"嗷嗷叽啾"这种生来婉转的叫声外，这两种叫声最值钱了。这两种叫声山莺叫不出来，偶尔啼叫一两声，也不是"嘤嘤关关"的鸣叫声，而是"叽叽喳喳"地乱叫，叫声粗鄙不堪。要想让鸟儿"关关"啼叫或"铮铮"而鸣，带有金属般的美妙余韵，则要依靠人工手段来驯养。

要趁着山莺幼雏尚未长好尾巴就要捕捉回来，然后让它追随"黄莺师傅"学叫。若是尾巴长成，已经记住了老山莺刺耳的尖叫声，就无法纠正了。"黄莺师傅"也是人为训练出来的，出名的叫"凤凰"呀、"千代之友"呀之类的，都各有名堂。如果有一处人家家里有一只名鸟的话，饲养黄莺的人会为了自家黄莺，不远万里慕名而来，请求赐教鸣叫技巧。这种求教被称为"去学声"，一般在早上外出，持续多日。有时还会请"黄莺师傅"到特定的场所，"黄莺弟子们"聚集于四周，就好像是音乐教室一样，蔚为壮观。当然，每只黄莺都有资质的优劣、声音的美丑之分。即便同是幽谷之音、高昂之音，鸣叫曲调的生疏、余音的长短都是千差万别。弄到一只好黄莺，绝非易事。一旦弄到手，则有授课费可赚，身价自然也是水涨船高。春琴家饲养了一只优秀的黄莺，给它起名叫"天鼓"。春琴朝夕听其鸣叫，乐此不疲。天鼓的啼叫声的确堪称一绝。其高音中"咥"的叫声空灵清澈，余音经久不绝，如同巧夺天工的乐器所弹奏出的声音，绝想不到这是鸟儿的叫声，并且声音持久、有力、甜润。于是，春琴视天鼓为掌上明珠，诸如饵料也是百般注意。一般制作黄莺的饵料，需把大豆和玄米炒熟，磨成粉，掺入糠后，再制成白色的粉。然后，再把鲫鱼或鮠鱼干磨成粉，称之为"鲫鱼粉"。把这两种粉各取一半搅拌，再用萝卜叶子挤出来的汁水搅拌，其制作过程极为烦琐。此外，为了让黄莺的鸣叫声更加悦耳动听，还要去捕捉一种栖居于蔓草藤中的昆虫，每日喂一两只。如此这般，煞费功夫。大概养了五六只鸟儿，需要一两个下人专门照看。并且，黄莺不在人前啼叫。需把鸟笼放在一种叫作"饲桶"的桐木箱里，镶嵌上纸窗户予以密封，并让些许外部的光线透过纸张照入。这种桐木箱上的小窗，用紫檀或黑檀等木料制成，上面雕刻精美的图案。或雕以蝴蝶、贝壳，或用泥金描绘，无不匠心独具。其中的一些古董品，即便放在今天，卖个一百日元、两百日元乃至五百日元的高价，也不足为奇。饲养天鼓所用的饲桶据说是来自中国的舶来品，造型精美。骨架用紫檀做成，中腰乃琅玕翡翠板，上面精致地雕刻着山水楼阁，真是高雅至极。春琴把这个箱子放置在自己房间床边的窗户旁，时常凝神倾听。天鼓发出悦耳的叫声，春琴就会心神愉悦。所以下人们为了让鸟儿鸣叫，不断往上面洒水。往往天气好的时候，天鼓鸣叫得欢快。天气不好的时候，春琴也就郁郁寡欢起来。自冬末至春季，天鼓鸣叫得最为频繁。到了夏天，鸣叫次数逐渐减少，慢慢地春琴郁闷的日子也多起来。这黄莺，只要饲养得当，能活很长时间。这需要十分仔细，若交给没有经验的人去喂养，立马会死掉。一旦死了，就只好另买其他的黄莺来代替。春琴家第一只"天鼓"在八岁的时候死了，之后一直"后继无人"，迟迟没有得到名鸟。数年以后好不容易养了一只鸟，本领毫不逊色于此前那只。春琴再次冠之以"天鼓"的名字，自是爱不释手。"第二只天鼓也是啼声曼妙，胜似迦陵频伽①。平素常置左右，钟爱有加，常令门徒听其鸣叫，后训示曰：'汝等且听天鼓之鸣，原系无名之幼雏，自幼勤学苦练，方

---

① 梵语 kalavinka 的音译。"迦陵频伽"相传是佛教中的一种
神鸟。据传其声音美妙动听，婉转如歌，胜于常鸟，佛经
中又名"美音鸟"或"妙音鸟"。《慧苑音义》云："迦陵
频伽此云妙音鸟，此鸟本出雪山，在壳中即能鸣，其音和
雅，听者无厌。"

得至臻至善。其声之美，与野之黄莺迥然有异。人或有言，此之类乃人工之美，非天成耳。尝至幽山深谷探春，觅花而行。隔岸霞雾深处，忽闻野莺啼叫，风雅如斯，非天鼓能及也。然，妾不以为然，野莺唯得天时、地利，方能鸣叫雅致。论其声，尚不足谓之美矣。而闻名鸟天鼓之啁啾，虽足不出户，幽深山峡之风趣，溪谷淙流之湍缓，山麓樱花之风姿，悉数毕现。繁花彩霞皆在啼声中，身处红尘闹市，犹忘也。此乃以技与天然风景争雌雄耳，音曲诀窍亦在此。'"又尝羞辱愚钝子弟，叱责曰："飞禽犹能解艺道之秘诀，汝为人者，尚不及禽鸟也。"言之确凿。动辄以黄莺喻人，佐助和同门师弟自是不堪其苦。

　　春琴除黄莺之外，最爱云雀。这种鸟儿有冲天而上的习性。即便身在鸟笼，也常登高而上，所以鸟笼造型又细又高，足有四五尺。不过，若想欣赏云雀啼叫，则需把它从笼中放出，让其直冲云霄，直至不见踪影。云雀穿云破雾，一边扶摇直上，一边嘤嘤啼叫，人在地面侧耳倾听，也就是欣赏云雀的"斩云"绝技。一般云雀都会在空中停留一段时间，然后再返回鸟笼，在空中停留十到二十分钟，停留时间越长，这只云雀越名贵。云雀竞赛的时候，把笼子摆成一排，同时打开鸟笼，一齐放入空中，最后飞回的即为胜者。品质差的云雀飞回来的时候，还会误入旁边的鸟笼。更有甚者会停落到距离鸟笼一两百米的地方。不过，一般云雀都能分清哪个是自己的笼子。云雀扶摇直上，在空中浮翔片刻，然后再垂直落于地面，所以自然能够返回原地。所谓的"斩云"，并非是云雀横向逆云而飞，而是云层掠过云雀不断漂移，看起来像是劈云斩雾而已。在春光明媚的日子，住在淀屋桥筋春琴家附近的邻居们，经常看到春琴站在晾衣台放飞云雀。除了佐助侍立一侧，还有女佣负责照看鸟笼。春琴一声号令，女佣便把鸟笼打开。云雀一边欢叫着，一边直冲太空，直至身影隐没于云霞之中。春琴抬起盲眼，目送鸟儿腾空而去，云间啼叫从天而降，使人听之忘神。时有志同道合的人带着引以为豪的云雀前来竞技。每逢此时，左邻右舍都来到自家晾衣台，欣赏云雀的鸣叫声。其中不乏有人不是为了云雀，而是为了一睹美女春琴的芳容。町内的年轻人一年四季应该是看习惯了，而那些好事的流氓则倾巢而出，一听到云雀的叫声，就知道能够看到春琴，三步并作两步飞奔到屋顶。他们之所以如此地骚动不安，大概是盲人特殊的魅力激发了他们的好奇心。抑或是因为平时被佐助搀扶着外出授艺的时候，春琴总是沉默不语，一脸严肃，而在放飞云雀之后，却能嫣然一笑，侃侃而谈，越发显得楚楚动人。此外，春琴还曾饲养过驹雀、鹦鹉、绣眼鸟、黄道眉等，有时饲养五六只各式各样的鸟儿，此项支出不可小觑。

她是那种在家里比较凶的类型，一到外面就出乎意料地热情。应邀到别人家做客时，她的言行举止非常之典雅，魅力十足。实在难以想象她是那位在家里经常欺负佐助、打骂弟子的妇人。为了交际，她爱打扮，喜欢讲派头。碰到红白喜事、逢年过节等场合，她便拿出鸥屋家大小姐的架势，出手非常阔绰。给男女用人、服务员、轿夫、车夫等的赏钱也是毫不吝啬，非常可观。但是，不能据此就认为她是一个挥霍无度的败家子。笔者曾经在《我所见过的大阪和大阪人》一文中论述了大阪人质朴的生活。文中说道，东京人的奢侈是表里一致，而大阪人虽然看起来喜欢讲究排场，但是在别人不注意的地方，却能厉行节约，很会过日子。春琴生于道修町的商人之家，自然难以免俗。一方面，她极其喜欢奢侈，另一方面，她又极端吝啬和贪婪。原本竞相奢华是源自她与生俱来的不服输的天性，因此不符合这一目的的，绝不会无端浪费。也即不会乱花一分钱，不会头脑发热随意乱撒钱，而是考虑好钱财的用途，注重其效果。在这一点上，她精打细算，非常理性。这样一来，在某些场合，争强好胜的性格就会沦为贪欲。比如收取门徒的学费或拜师礼物，作为女流之辈，一般要考虑同其他师傅们的平衡。但是，她却自恃清高，当仁不让地要求与一流的检校同样的金额。这也就算了，就连门徒们中元节和年底送来的礼物也要横加干涉，暗示学生多送一点，固执不堪。有一次，一位盲人弟子，因为家境贫寒，每月的学费时常拖欠。中元节的时候，无力置办礼物，就买了一份白仙羹，略表心意，并让佐助代为求情，陈情道："请务必可怜我家境贫寒，向师傅传达此事，伏祈吾师海涵。"佐助觉得他可怜，战战兢兢地转达了他的意思，并代为求情。春琴听后脸色骤变，说道："吾常提及每月学费和谢礼，有人视吾贪得无厌。实则不然。无关金钱多寡，若无定数，师徒之间便失了礼数。此子视谢礼为儿戏，今又以白仙羹滥竽充数，欲作中元节之礼，实在无礼之极。说他污蔑师尊，亦不为过。虽然有求学之心，但家境贫寒至此，艺术上能否长进，实不好说。当然，依照具体情况与学生品行，吾亦可免费授艺。不过，仅限前途有望、万众瞩目之俊才。那些能战胜贫苦、扬名立万的人，他们生来就与众不同，仅凭耐心和热情不足成事。此子脸皮厚，在艺术上难有造诣。他所说的'可怜我家境贫寒'云云，实是自欺欺人。与其给别人徒增麻烦，自取其辱，倒不如干脆放弃。若真有心向学，大阪技艺高超的师傅多如牛毛，请他另请高明吧。今日师徒之名就此了结。"此话一出，弟子再三谢罪，春琴不为所动。最后竟然真的辞退了这名弟子。不过，虽然她授课严厉，如果有人多孝敬一些谢礼，这一天也会对送礼者和颜悦色，讲一些言不由衷的溢美之词。听者按捺不住，就说她说的是奉承话，她立刻神情不悦。各处送来的礼物，她都要逐一查验，连点心盒子也不放过。每月的收入和支出也令佐助核算清楚。她对算数非常敏感，是个心算能手，听过的数字轻易不会忘记。米店的货款是多少，酒店的货款是多少，连这些两三个月之前的事情也都记忆犹新。春琴穷奢极欲，又自私自利。为了维持奢侈的生活，必须从其他地方找补回来，结果就把手伸向了下人们。一家之内，只有她一个人过着纸醉金迷的生活。自佐助以下，下人们不得不厉行节约，过着极度节俭的日子。对于每天消耗多少大米，亦是喋喋不休。饥肠辘辘的下人背地里常常窃窃私语道："师傅常言黄莺和云雀忠心胜过汝等。此话不假，与吾辈相比，鸟儿更是备受呵护。"

鵙屋家春琴之父安左卫门健在之时，每月皆按照春琴所需贴补家用。安左卫门辞世之后，长兄继承家业。自此，娘家的贴补中断。今日世间，悠闲的贵妇人穷奢极欲，已不算是新鲜事。不过，昔日，纵是男子，亦不可奢侈。富庶人家，尤其是坚守清规戒律的旧式家庭，更加注意衣食住行的节度，以免做出僭越之事，遭受别人的非议，他们羞与暴发户为伍。春琴生活奢侈，是因其父母怜惜她乃残疾之身，别无乐趣。可是，到了哥哥这一代，百般刁难接踵而至。每月支出皆有限定，超出额度，一概不予理睬。春琴极度吝啬，可能与此事有关。幸好，除了生活开支，尚有不少结余。授课并非生活来源，所以对学徒异常苛刻。实际上拜于春琴门下的弟子屈指可数，所以她才有闲情逸致养鸟。不过，无论是生田派的古筝，还是三味线，春琴都是大阪一流的名家。这并非是她夜郎自大，公平的人都认可她的本领。虽然有些人讨厌春琴不可一世的样子。不过，他们暗暗嫉妒春琴的绝技，或者对此有所忌惮。在笔者所认识的老艺人当中，有一位在年轻时，经常听春琴弹奏三味线。此人属于净琉璃派，亦是三味线艺人，弹奏方式略有不同。据他所言，近年来，在地方歌谣派的三味线演奏中，从未听过有人弹奏出春琴那样美妙的曲子。还有，团平在年轻的时候曾经听过春琴的演奏。据说，他叹息着说："真是可惜呀！此人若生为男儿之身，弹低音三味线，一定能够扬名立万。"团平的意思是低音三味线是三味线艺术的最高境界，若非男子不能深究其奥妙。团平是偶然怜惜春琴具有天赋却生为女儿之身呢，还是觉得春琴弹奏的三味线具有男性气概呢？听上文的老艺人说过，在背地里听春琴弹奏三味线，弦音清澈响亮，宛如出自男性之手。据说，不但音色美妙，而且千变万化，时不时奏出忧郁的深沉曲调，实在是女中奇才。如果春琴为人能够稍微圆滑一点，对人能够谦逊一点的话，恐怕早就扬名立万了。只因生于富贵之家，不知生计之艰难，做事我行我素，所以世人对她自是敬而远之，其才华又让她四处树敌，最后令她泯然于众人。这虽是她咎由自取，亦是天大的不幸。据说，那些拜入春琴门下的门徒们一直仰慕她的实力，除了春琴以外，他们不会拜任何人为师。门徒们为了练习琴技，心甘情愿接受严苛的训练，任何怒骂和责打都甘愿忍受。他们是做好了心理准备才拜入春琴门下，不过鲜有能够长期忍受的。大多数人都是不堪其苦，有的人甚至一个月都没坚持下来。春琴教导徒弟超越了训诫的范畴，往往发展到恶意惩罚的地步，甚至有虐待的色彩。这大概是因为她的一些名人意识在作祟吧。也就是说她苛待徒弟一事，世人许可，门徒们也做好了思想准备，所以她越发觉得自己是个角儿，逐渐得寸进尺，以至于最后一发不可收拾。

鸭泽照说道："春琴门徒为数不多，偶有生员仰慕其姿色，慕名前来拜师学艺。其业余爱好者，皆属此类。"春琴长相俊美，终生未嫁，乃富贵人家之女。有众多仰慕者，亦是人之常情。据说她对待弟子很苛刻，也是为了吓退那些不是正儿八经地来学习的好色之徒。让人哭笑不得的是，这反而让她变得炙手可热。大胆臆测一下，那些认真学艺的科班生，恐怕也有人对这位盲目美女的鞭笞感到莫名的兴奋。不是琴技吸引他们，而是春琴的严酷让他们趋之若鹜。总会有几个让—雅克·卢梭 ① 吧。现在讲述春琴所遭遇的第二次灾难。因《春琴传》中无确切记载，故无法得知遭难缘由和罪魁祸首，实在遗憾之极。前文有表，春琴对待门徒苛刻，或因此招致门徒怨恨，遭受报复。此种猜测最为妥当。一位名为利太郎的浪荡公子嫌疑最大，他乃土佐堀一杂货商——美浓屋老板九兵卫之子。利太郎乃纨绔子弟，游手好闲。不知何时，竟然混入春琴门下，学起古筝和三味线来。此子自恃父母腰缠万贯，所行之处，作威作福，不可一世。视

---

① Jean-Jacques Rousseau（1712 年 6 月 28 日—1778 年 7 月 2 日），法国十八世纪伟大的启蒙思想家、哲学家、教育家、文学家，法国大革命的思想先驱，杰出的民主政论家和浪漫主义文学流派的开创者，启蒙运动最卓越的代表人物之一。卢梭自幼丧母，被送到舅舅家抚养。他在《忏悔录》当中写道："我却发现受罚倒不如等待处罚的时候那么可怕；而更奇怪的是，这种处罚使我对于处罚我的那位朗拜尔西埃小姐更加热爱。我发现在受罚的痛楚乃至耻辱之中还掺杂着另外一种快感，使得我不但不怎么害怕，反倒希望再尝几回她那纤手的责打。"（摘引自黎星、范希衡译本，人民文学出版社，2004 年，第 13 页。）

同门师兄弟为堂下奴仆，目空一切。春琴虽心有不悦，但他每月礼数悉数缴纳，春琴不好拒绝，只好认真点拨。不料，他却四处扬言"师傅亦惧余三分"云云，尤其看不起佐助，厌恶佐助代替春琴授课。曾放言道："若非春琴点拨，余便弃学。"春琴见他逐渐得寸进尺，不由得怒火中烧。利太郎之父九兵卫为颐养天年，于天下茶屋择一僻静之地，结草为芦，用作归隐之所，院内植古梅十数株。某年二月，利太郎设下"赏梅之宴"，春琴亦在受邀之列。东道主乃利太郎，从烟花柳巷请来一干男女助兴。春琴由佐助陪同前往。一干人等轮番前来劝酒，佐助不知如何应付。虽说近来夜晚偶与师傅小酌，酒量略有长进，但毕竟不是海量之人。每次外出，若无春琴许可，佐助则滴酒不沾。如若酩酊大醉，恐侍奉师傅有所闪失。故点到为止，意欲蒙混过去。岂料利太郎目光如炬，看出破绽，便嗲声嗲气地央求道："师傅，无您许可，佐助断不敢喝。今日乃为赏梅而来。不妨让他略饮一杯。即便沉醉，那两三人亦可搀扶。"春琴推辞不掉，就苦笑道："好吧，少饮为宜，勿令其喝醉。"春琴话音落下，众人蜂拥而至，觥筹交错，交相劝酒。众人劝酒不止，佐助不敢大意，七成酒水皆弃入洗酒杯器皿之中。是日，在座一干帮闲和艺伎目睹春琴姣容，无不惊叹她的卓绝风姿和优雅气质。或是众人看穿利太郎心思，为讨其欢心，才发谄媚之词。当时是，春琴三十有七，仿佛二十七八。肤色洁白如霜，粉颈低垂，视者无不怦然心动。指甲光鲜亮丽，纤纤玉手置于膝上，身体略向后倾，春琴之娇艳吸引了在座一干人等的眼神，让他们心旷神怡。众人来到院中赏花之时，有一滑稽之事。佐助搀扶春琴漫步梅花丛中，每至一古木之前，便驻足片刻，手执春琴之手，让其抚摸树干，谓之曰："喏，此处亦有梅树一株。"盖因盲人需靠触觉确认物体方能安心，故春琴在赏花之际就逐一触摸。见春琴纤纤玉手在干枯的古梅树干上摩挲，一帮闲怪声怪气地说道："此株梅树，羡煞我也。"话音刚落，另一个帮闲横立春琴前面扭捏作态，模仿梅树枝丫横斜的样子说道："吾乃一梅树哉。"一干人等哄堂大笑。此皆讨好之举，意在赞美春琴，并无羞辱之意。春琴见不惯此等街头巷底粗鄙之举，心有不悦。春琴希望众人视她为常人，尤其忌惮被看作盲人。此等玩笑，最是可气。是夜，琼筵再开，利太郎言道："佐助，汝恐倦矣。令吾侍奉师尊。邻间备有酒菜，汝可小酌再来。"佐助心想："不妨趁着尚未被灌醉，先去填饱肚子。"于是便依计而行，退至邻间，先行用膳。正要开始，只见一个老妓拿来酒壶，紧贴佐助坐下，"再来一杯，再来一杯"，劝个不停。耗时良久，用膳已毕，迟迟等候，不见春琴召唤，便原地待命。这时，另一房间似有异状。只听春琴大呼："令佐助来。"利太郎欲遮其口，忙言道："若要如厕，吾陪您便是了。"遂把春琴引至走廊，握紧其手，欲行不轨。"不可，唤佐助来。"春琴说罢，慌忙推开他的手，惊慌失措地呆立不动。这时，佐助飞奔而至，看那情景，瞬间明白了七八分。不过，若因此事，利太郎中途弃学，实在是正中下怀。没料想，此下作之徒，灰头土脸，仍是贼心不死。次日，此人竟厚着脸皮，若无其事前来上课。春琴心想："既然如此，吾便严加管教。汝若不惧，不妨一试。"情势急转，春琴授业骤然严苛起来。这样一来，利太郎六神无主，每日汗流浃背，不堪其苦。原先他自诩琴技高超，又被众人百般吹捧，自是春风得意。如今百般不是，漏洞百出。于是，春琴毫不客气地谩骂开来。他原本是借学艺的名义，寻找可乘之机。此种漫不经心的学习态度，自然忍受不了严格的训练。于是，日益散漫，任凭你怎么教他，他都故意乱弹一气，心不在焉。春琴忍无可忍，大喝一声"蠢货"，飞起一拨子。只听利太郎一声惨叫，眉间裂开一道口子，血流不止。他擦了擦血，按住伤口，抛下一句："你给我记着。"然后愤然离座，自此销声匿迹。

另有一说，猜测加害春琴的是住在北部新地附近的一少女之父。此少女他日欲做艺伎，拜于春琴门下，每日忍受习艺之苦。某日，被春琴以琴拨击中头部，便哭着跑回家去。发迹留下疤痕，少女倒没说什么，其父大发雷霆，前来兴师问罪。盖因不是养父，乃是生父之故。他埋怨道："虽说是为了苦练技艺，但毕竟年龄尚小。训斥亦应有度。小女本打算将来以脸谋生，如今被打成这样，决不善罢甘休，请给个说法！"因为言辞激烈，生性固执的春琴遂反驳道："正因吾训练严苛，汝才送子前来。既然心有不快，何故送子前来。"听罢此话，这位父亲也不甘示弱，反驳道："亦非不可责骂，汝双目失明，万一误伤，岂不危险。双目失明之辈，应有自知之明。"看那阵势，已是剑拔弩张。佐助匆忙前来救场，好言相劝，令他离去。春琴脸色铁青，浑身发抖，默不作声，始终未表示歉疚之意。于是，有传言道：这位父亲因女儿毁容，伺机报复，遂对春琴痛下毒手。不过，虽说伤在发际，也只是在额头或耳后某处稍微留下疤痕。这位家长若因此耿耿于怀，横加戕害，毁人容貌，令人痛苦一生。就算受舐犊之情驱使，也未免太过分了。春琴原本就是一位盲人，就算把她的天仙美貌变成丑八怪，对她本人来说也不是那么严重的打击。再者，如果单纯以报复春琴为目的的话，除此之外还有更加痛快的方法吧。我猜测，这位复仇者的意图不只是要让春琴痛苦不堪，恐怕还想让佐助生不如死吧。这样一来，从结果上来说，也最能折磨春琴。这样看来，同刚才所说的那位少女的父亲比起来，怀疑是利太郎所为似乎更加妥当。利太郎意欲横刀夺爱，其中有几分真意，实在是不得而知。人年轻的时候，谁都思慕年长女人的风姿，而不太喜欢年轻的女子。大概是利太郎长年四处拈花惹草，觉得这也不好，那也不妙，到后来却被这位瞎子美女迷得神魂颠倒了。起初，只不过是一时头脑发热，才去追求春琴。不但吃了个闭门羹，连眉间都受了伤。难免会恶意报复。不过话又说回来了，春琴树敌众多，除了这两位之外，说不定还有什么人，因为某种理由而怀恨在心。很难百分之百断定是利太郎所为。而且也未必就是风流韵事所引起的，也有可能是经济方面的问题所导致的。比如上文所说的那位穷人家的盲人弟子的悲惨遭遇，据说这样的人并非只是一两个。还听说有几个人虽然不像利太郎这么厚颜无耻，不过却暗暗嫉妒佐助。佐助是一位特殊的领路人，时间一长，此事隐瞒不住，师弟们都知道了。那些思慕春琴的人暗地里艳羡佐助的福气，有时对他一门心思侍奉春琴感到反感。如果他是春琴的丈夫，或者说哪怕是有情夫的名分，他们也不好说三道四。但是表面上看起来，他只不过是一个领路的下人而已。从按摩到烧水、擦洗身子，春琴的一切事情，佐助全部大包大揽。每当看到他那忠心耿耿的样子，了解内情的人可能会觉得可笑之极。当然也有不少人冷嘲热讽地说："要是能做那样的领路人，就算是吃点苦头，我也心甘情愿。有什么值得表扬的。"当然也不排除有的人别有用心，他们迁怒于佐助，想要看一看，一旦有朝一日，春琴变成了丑八怪，佐助该是怎样一副表情，是否还会忠诚地做好伺候主人的差事。总之，众说纷纭，实在难以断定究竟哪种说法是真的。此外，还有另外一种可信度比较高的说法，这种猜疑完全是令人始料不及的。也即害人者未必就是春琴的门徒，极有可能是春琴的竞争对手——某位检校或某位女师傅。虽无证据，但是这种猜测最为可信。春琴时常目空一切，并自诩为艺界第一人，亦为社会所认可。这刺伤了同行其他师傅们的自尊心，甚至给他们带来了威胁。话说检校这一头衔，过去是京城颁发给盲人男子的一种荣誉头衔，得到这一头衔后，可被准许使用特殊的服装和交通工具。同寻常的艺人们不一样，社会待遇也不同。这样的人不断听到技艺不及春琴的谣传。因为天生就是个盲人，暴戾之气重，千方百计想要毁坏掉春琴的技艺和名声。于是，他们就采取了阴险毒辣的手段。我经常听闻由于在艺术造诣上对他人心生嫉妒，而让同行吞食水银的例子。春琴是声乐和器乐两者俱佳。只能对她的虚荣心和美貌下手脚，据说为了不让她在公众面前抛头露面才毁了她的容貌。如果害人者不是哪位检校，而是哪位女师傅的话，肯定是对春琴的美貌恨之入骨。毁掉了春琴的美貌，想必是感到更加的痛快吧。这样一来，细数种种可疑的因素，我们可以推测迟早会有人对春琴下毒手。春琴在不知不觉当中已是危机重重。

天下茶屋的"赏梅之宴"后，大约过了一个半月。在夜半丑时和寅时之间，即凌晨三点左右，灾难降临。《春琴传》这样记载说："佐助为春琴的一声悲鸣而惊醒，遂从邻室奔驰而至，匆忙点灯查看。发现有人破窗而入，潜入春琴闺房。因察觉到佐助起身前来，未得一物而遁逃，环视四周，早已空无人影。遁逃之际，贼人狗急跳墙，抓起身旁一铁壶，对准春琴头部掷去。壶中热水飞散，溅于春琴雪肌之上，留下一点伤痕。虽说是白璧微瑕，昔日的花容月貌不曾改变。然而，自此以来，春琴对于脸上的那点疤痕，深以为耻。常以绉绸头巾覆面，终日蛰居斗室，不复见人。虽至亲、门徒，亦难一窥尊容。以至于众说纷纭，流言四起。"传记接着说道："盖伤之轻微，不损天赐娇容。厌见人，乃其洁癖所致。一点伤痕，微不足道，却以之为耻。此乃盲人过虑也。"又言道："然，不知何故，距此数十日，佐助亦罹患白内障，瞬间双目失明。佐助双目蒙眬，不见一物。如盲人一样，步履踉跄，匆忙奔至春琴面前。他欣喜若狂，大呼道：'师尊，佐助失明矣。终此一生，可不见师傅面部之伤。此时此刻，双目失明，岂非天意耶？'春琴听罢，怅然若失良久。"只因佐助深爱春琴，不忍吐露真情。《春琴传》有关此事记载前后矛盾，故意歪曲。佐助突然罹患白内障也是疑云重重。纵然春琴天生洁癖，双目失明后疑心重重，倘若皮肉之伤无损娇容的话，她又何必以头巾覆面，不愿见人呢！实则是容貌毁损，惨不忍睹了。根据鸭泽照以及其他两三个人的证言得知，贼人事先潜入厨房，生火烧水，然后手提水壶闯入春琴卧室，用水壶嘴对准春琴的头部，从正面把热水浇上去。这是蓄谋已久的事情，并非普通的盗窃案件，也并非狗急跳墙才出手伤人。那一晚，春琴已是奄奄一息，直至次日早晨才苏醒过来。她伤得非常严重，烫伤的皮肤完全康复需要两个多月的时间。于是，关于春琴毁容一事，就有了各种传闻，比如头发脱落、左半个头变成秃子云云。诸如此类传闻，恐非空穴来风之臆测。佐助自那时起，双目失明，也是目不视物。《春琴传》有言："虽至亲、门徒，亦难窥其尊容。"这种说法不可信。不让人观其面部，这是不可能的。比如老妪鸭泽照不可能没看到过。只不过鸭泽照尊重佐助之意，决不把春琴毁容一事透露给他人罢了。我也旁敲侧击地问过鸭泽照，她没有告诉我详细情况，只是说："佐助深信师傅貌美如花，吾亦以为然。"

春琴辞世十余年，佐助方才讲述他失明原委。至此，当时情形才得以水落石出。事情原委是这样子的，在春琴被恶人袭击的当天晚上，佐助像往常一样睡在春琴闺房隔壁。睡觉的时候，他听到有声音，就被惊醒，发现长明灯已经熄灭，一片漆黑中有人在呻吟。佐助大吃一惊，匆忙跳起，点着灯，提灯来到屏风后春琴的床边。灰暗的灯光照到金色的屏风上面，通过反射回来的一点余光，佐助环视了整个屋子，没有发现丝毫凌乱的痕迹。只看见春琴枕边扔着一只水壶。春琴在被子中一动不动，不知何故一直呻吟。佐助刚开始以为春琴是在做噩梦，问道："师傅，您怎么了？师傅！"来到春琴枕边，正要摇醒她，春琴忍不住"啊"地大叫了一声，蒙住双眼说道："佐助，佐助，吾被恶人毁容。切勿看吾脸。"春琴说此话时，痛苦万分，匆忙翻身，挥舞双手，意欲遮住面部。佐助见状，连忙安慰道："请您放心，我不看就是了。我双目紧闭着。"佐助把灯挪开，春琴听罢，稍微安心，旋即昏了过去。

此后，春琴时常呓语"勿视吾面，切记保密"云云。此时，佐助便安慰道："不必心忧，烫伤痊愈后，定会恢复原貌。"听到这话，春琴反驳道："烫伤如此，面容岂能不改！不要总安慰我，切勿观吾面容。"随着意识逐渐恢复，春琴更是唠叨不止。除了医生之外，就连佐助也不能看到她的伤情。更换膏药和绷带时，众人被赶到屋外。这样看来，当天晚上，佐助飞奔到春琴枕边之时，的确目睹了春琴被烫伤的面容。实在不忍直视，旋即把脸扭转过去。在灯光摇曳的暗影里，他看到的只不过是一个非比寻常的奇怪幻影而已。据说此后，佐助只能看到春琴从绷带当中露出的鼻孔和嘴巴。正如春琴害怕被人看到一样，佐助也害怕看到春琴的面貌。每次他来到床边，都尽量闭上眼睛，或者避开视线。所以，春琴面貌究竟改变几何，佐助实际上也不清楚，并且他也不想知道。因为疗养得好，伤情逐渐好转。有一天，佐助一人静坐一旁等候差遣。春琴突然满腹狐疑地问他："佐助，汝是否已观吾面貌？"佐助匆忙答道："没有，没有，师傅您说过不可看，吾岂敢违背。"春琴接着说道："过些时日，烫伤痊愈，需拆掉绷带。医生不来，需借汝之力。别人姑且不论，却不得不让汝看到这张脸。"说到此处，高傲如春琴者亦是万分气馁，不由泪流满面。春琴按住绷带上部，不断用双手擦拭眼泪。此时，佐助亦是黯然神伤，无言以对，遂和师傅哭作一团。过了一会儿，好像下定了决心一样说道："吾决不看您面容，请您放心。"过了几天，春琴已经能够起床，伤情亦几近痊愈，可以取下绷带。某日清晨，佐助偷偷地从女仆人的房中取来女佣用的镜子和缝衣针，端坐在床上，一边看着镜子，一边拿针刺入眼中。当然，他并不知道应该如何一针刺瞎眼睛，只不过是摸索着应该如何尽可能地减少痛苦，如何用更简单的方法变成瞎子。于是，就拿针刺向左眼的眼珠子，但是好像瞄准黑眼珠去刺比较难。而眼白部分又太硬，针扎不进去。黑眼珠因为柔软，刺了两三下，一下子刺中了，只听扑哧一下，已经刺入两分。眼珠子瞬间一片白蒙蒙的，顿时什么也看不见了。没有出血，没有发烧，也几乎没有感到疼痛。这是因为水晶体组织遭到了破坏，造成了外伤性的白内障。佐助也用同样的方法刺瞎了右眼，一眨眼的工夫，把两只眼睛都弄瞎了。当然，听说刚刺完的时候，还能模糊地看清物体的形状，过了十来天，他就完全看不见东西了。又过了几天，春琴已经可以起床的时候，佐助摸索着走到里间，跪拜在春琴面前说道："师傅，吾亦成了盲人。此生此世，可不见师父容颜。"春琴问道："此事当真？"之后便陷入了长久的沉默。这几分钟的沉默对于佐助而言，是他来到人世间之后绝无仅有的快乐的时光。据说从前有个绰号叫恶七兵卫景清①的人，因为知道了源赖朝②的才能，才断绝复仇的念头，发誓决不再看到他，遂把双眼刺瞎。佐助刺瞎双眼与他的动机不同。不过，这两个人志向之悲壮，可谓是异曲同工。然而，难道春琴真的希望佐助也是如此吗？前些日子，春琴流着眼泪哭诉，难道是"既然

---

①　平安时代末期到镰仓时代初期的武士，又名藤原景清或平景清，为人刚毅，英勇善战。

②　平安时代末期到镰仓时代初期的武将、政治家，镰仓幕府的缔造者。镰仓幕府的建立标志着日本长达六百八十多年的幕府时代的开始，直到明治天皇 1868 年颁布王政复古之后才结束。

我已遭此劫难，希望你也成为盲人"的意思吗？我们实在无法揣测。不过，在佐助听起来，师傅那短短的一句"佐助，此事当真？"语气中的确充满了颤抖般的喜悦。此后，在相对无言的日子里，盲人特有的第六感在佐助身上萌生了。他觉得对他自残一事，春琴的心里除了感谢，没有任何其他的意思。迄今为止，两个人虽有夫妇之实，却无夫妇之名，师徒名分徒生隔阂。自残以后，两颗心才开始紧紧地拥抱在一起，合二为一。少年时期，躲在壁橱的黑暗世界中，拼命练习三味线的记忆仿佛再次重现。但是此次的心境却与此前完全不同。一般盲人都有光感，所以盲人的视野是朦胧有光的，并不是一片漆黑。佐助心想："如今我虽失去了观看世界的眼睛，不过我内部世界的眼睛却打开了。啊，原来这才是师傅居住的世界呀。我终于能和师傅生活在同一个世界了。"以他衰退的视力，已经看不清整个屋子的情况，也分不清春琴的样子了。不过，春琴那缠满绷带的脸庞尚且模糊地映射在他的视网膜上。在佐助看来，那不是绷带。在一片昏暗的光圈当中，就像前来迎接众生前往极乐世界的如来佛祖一样，两个月前春琴那圆润、白皙的脸庞缓缓浮现于他的眼前。

"佐助，疼吗？"春琴问道。佐助把瞎掉的眼睛转向微微有白色光晕照过来的方向，对着春琴脸部方向回答道："不，不疼。与师傅所遭受的痛苦比起来，何足道尔！那天晚上，奸人潜入，让您蒙受横祸。吾却熟睡，一无所知。此诚吾疏忽所致。您令我睡于隔壁，实为以防万一。不料铸成大错，让师傅一人遭受苦难，而我却平安无事。吾自心有不安，于是，整日盼望天谴于我。日夜祷告神灵：'务请也赐给我灾难。若吾平安无事，实在无地自容。'功夫不负有心人，心中夙愿终于实现了。晨起之后，发觉双眼目不视物。大概是神灵怜吾苦心，倾听吾之诉求。师傅，师傅，我再也看不到您现在的容颜，只看到三十年来映入眼帘的那张让人怀念的面孔。请您务必像往常一样，把我当作心腹，置于左右使唤。我猝然失明，悲伤至极，行动不能随心所欲，伺候您难免笨手笨脚。

不过，伺候您的日常生活，不用假人之手。"春琴说道："汝有此决心，吾心甚慰。吾不知遭何人怨恨，才招此灾难。以实言对，如今惨状，宁愿视于人，不愿视于汝。汝能体察吾心，实属不易。"佐助听罢说道："听罢师傅一番言语，我亦心花怒放。师傅情真意切，双目失明又有何妨。不知何方歹徒，欲置师傅和我于痛苦深渊。意欲借毁坏师傅容貌来折磨我。倘若吾亦双目失明，师傅毁容一事，岂不和此前无异！奸人处心积虑却落得一场空。此等结果，恐奸人始料不及。吾非但未感不幸，反而幸福至极。吾将计就计，奸人始料未及，实在痛快。""佐助，勿复言。"两人相拥而泣，哭作一团。

对他俩因祸得福之后的生活情况最了解的健在者要数鸭泽照了。鸭泽照今年七十一岁，明治七年，十二岁时，她入住春琴家做用人。鸭泽照一边跟着佐助学习丝竹之道，一边为两位盲人牵线搭桥，担当了联络人的角色。大概因为一个人突然瞎了，另外一个虽说从小就双目失明，但是一直是衣来伸手，饭来张口，习惯了骄奢的生活，因此需要一位第三者来承担这样的角色。他们决定雇佣一位让人放心的少女。鸭泽照到来后，做事忠诚老实，深得两位主人的信任，就此长期做了下来。据说春琴死后便去伺候佐助，一直到明治二十三年，佐助获得检校资格时，还侍奉在佐助身旁。明治七年，鸭泽照刚到春琴家的时候，春琴已经四十六岁了。遭遇毁容一事，已经过去了九个年头。春琴已经是一位小老太太了。"脸部因为特殊的原因，不可示人，也不能被人看到"，鸭泽照时常受到这样的训示。春琴身着凸纹薄绸料子的圆领罩衣，坐在厚厚的坐垫上，头上裹着一条浅黄色的绉绸头巾，只露出一个鼻子。头巾的边缘一直垂到眼睑之上，把脸颊和嘴都遮住了。佐助刺瞎眼睛时是四十一岁，已届不惑之年，失明对他而言应该是大为不便。虽然目不视物，但是伺候起春琴来却是无微不至，尽心尽力使春琴不感到丝毫的不方便。旁人看了也不禁为之心酸。据说，春琴对其他人的照料不满意，说道："我的日常起居，明眼人是伺候不了的。佐助常年伺候我，他最清楚。"从穿衣到入浴，从按摩到如厕，迄今还是烦劳佐助。这样一来，鸥泽照的职责与其说是伺候春琴，倒不如说主要是照料佐助的日常起居，她几乎没有直接碰到过春琴的身体。伺候用餐一事，少了她是寸步难行。除此之外，鸥泽照只不过是帮着拿些日常用品，间接地协助佐助伺候春琴罢了。比如说，入浴的时候，跟着他俩行至洗澡间的门口，然后就回来了。听到击掌声时，再前去迎接。此时，春琴已经从浴池当中出来了，已经穿好单衣，披上了头巾。洗澡期间的事情，全部由佐助一个人负责。盲人给盲人擦洗身子究竟是怎样一副光景呢？是不是就像昔日春琴用手指头摩挲老梅树的枝干一样呢？费时费力是毋庸置疑的吧。外人觉得："诸事都这样去做，真的是不胜其烦。两个瞎子倒是不简单啊。"不过，好像两个当事人反倒非常享受这种烦琐，在沉寂无言中传递着浓浓的爱意。细思之，一对失去视觉、相敬如宾的男女，他们所能享受的触觉世界，其幸福的程度远非我们常人所能想象。佐助以一种献身精神去伺候春琴，春琴也甘之如饴地去接纳佐助的伺候。相互之间，乐此不疲，这也没什么值得惊讶的。而且，佐助在陪伴春琴之余还教导着一干男女徒弟。彼时，春琴则过上了幽居一室的日子，给佐助赐了个"琴台"的封号，门徒们的调教也悉数委托给佐助。在音曲指南招牌上"鵙屋春琴"字号的旁边用小字写上了"温井琴台"的名字。佐助的忠义之心和温润的性格早就声名远播，引起左邻右舍的同情。一时门下热闹非凡，比春琴授课之时还要热闹。有一件滑稽的事情。佐助在给弟子们授课的时候，春琴一个人独自待在里间，忘我地欣赏黄莺的啼叫。但是有时突然有事，不得不让佐助帮忙。哪怕是正在授课，也佐助、佐助地叫个没完。此时佐助赶紧放下手头的工作，径直走向里间。正因如此，佐助担心春琴，所以从不外出授课，只在家里收徒弟。此处有一件事情需要交代。当时是，道修町春琴的本家——鵙屋的店里逐渐开始家运衰落，每月娘家寄过来的贴补也时常中断。如果没有这种原因，佐助又何苦去教授别人音曲呢。佐助在授课之时，纵然百般忙碌，抽空也会飞向春琴身旁。佐助这只落单的鸳鸯，授课之时，估计也是心不在焉吧。春琴想必也为同样的心思所困扰！

　　佐助继承春琴衣钵，虽然技艺尚不精湛，却足以维持一家生计。佐助为何不与春琴正式结婚呢？是春琴的自尊心在作祟吗？鸭泽照亲耳听佐助说过，春琴已无昔日高傲之气，见其意气消沉，佐助内心悲痛不已。佐助不愿视春琴为可怜可悲之人。佐助双目失明，目不视物，他已进入一个永恒不变的主观世界。在其脑海之中唯有昔日记忆。春琴若因飞来横祸而改变性格，那么此人就不是春琴了。他朝思暮想的永远是那个桀骜不驯的春琴。否则，现在他眼中的那位美貌的春琴形象就会轰然倒塌。这样看来，不想结婚的理由在于佐助这一方，而非春琴。佐助想要用现实世界中的春琴当作媒介，以此来唤醒记忆当中的春琴。所以佐助力避与春琴相提并论，严守师徒礼仪。并且比以前更加谦恭，竭诚伺候，力图让春琴尽快忘记这段不幸，并找回昔日的自信。时至今日，佐助仍然心甘情愿地领着和昔日一样标准的薪水，与其他男佣一样着装朴素，粗茶淡饭。全部收入悉数拿出供春琴使用。为了缩减其他开支，佐助减少了用人数量，在各个方面厉行节约。但是对于能够让春琴开心的支出，他却从不吝啬。春琴失明以后，佐助辛苦尤甚往日。听鸭泽照说，就连当时的门徒们也觉得佐助的穿着过于寒酸，有人旁敲侧击奉劝他注意着装打扮，但是佐助却从来不听。直至今日，还禁止门人称其为"师傅"，只准喊他"佐助"。众人听后左右为难，只好尽量避免喊他。不过，鸭泽照因职责所在，万般无奈只好称呼春琴为"师傅"，称呼佐助为"佐助先生"。春琴死后，佐助便把鸭泽照当作推心置腹之人。有时深陷于思念死去的师傅的追忆当中，也是因为这层关系。后来，佐助晋升为检校，是名正言顺的"师傅"或"琴台先生"，但是佐助还是喜欢鸭泽照称其为"佐助先生"，不允许用敬称来称呼他。佐助曾经对鸭泽照说："众人皆以双目失明为世间之不幸，而吾却不以为然。吾自双目失明之后，犹如登入极乐净土。与师尊二人相依为伴，犹如置身莲花台。之所以这么说，是因为双目失明以后，反而看到了此前看不到的东西。吾失明之后，师尊的娇容和美貌愈加清晰地浮现于眼前。此外，师尊柔嫩的手脚，光滑的肌肤，悦耳的声音，亦是在吾失明以后才真正明白。缘何眼睛明亮之时，无此感受！实在是不可思议！特别是在失明以后，才真正领悟了师尊三味线的美妙。平时亦认为师尊是'行业翘楚'，失明以后才真正明白其中深意。与自身技艺相比，二人之间真是云泥之差。迄今为止，尚未察觉，实乃暴殄天物！对于自己的愚蠢，反省不已。所以，即便上天欲令吾重见天日，吾亦不从。吾与师尊失明之后，才真正体会到明眼人无法体会之幸福。"佐助的这一番话，并未超出他的主观想象，究竟有多少客观的成分，还有许多疑问。总之，春琴的技艺在遭遇了此次劫难之后进入了一个更高的境界。不管春琴在音曲方面多么才华出众，如果她不品味人生的酸甜苦辣的话，就很难参透艺术的真谛。她一直以来都是娇生惯养，待人苛刻，不知辛苦和屈辱为何物。并且对于她的不可一世，也没有人去灭灭她的威风。可是上苍却给予了她炼狱般的磨炼，让她彷徨于生死的边缘，击溃了她自以为是的傲气。想一想，此次毁容事件从各种意义上来说，对于春琴都是一味良药。或许它告诉春琴，无论是恋情，还是艺术，都有一种无我之境，这是过去她连做梦也不曾梦到过的。鸭泽照经常听到春琴为了打发无聊的光阴，会一个人拨弄琴弦，并且看到佐助呆立一旁，低着头听得入了神。据说，一干弟子听到从里间传来的天籁之音，无不惊讶。众人窃窃私语道："莫非那把三味线中，安置了特殊的机关。"此时的春琴不仅弹技高超，而且在作曲方面也是煞费苦心。夜深人静时，时常悄悄摆弄琴弦，尝试着创作曲子。鸭泽照记得两首曲子，分别叫《春莺啭》和《雪花》。前几日，鸭泽照给我弹奏了一遍。的确是别具一格，从中可以一窥春琴的作曲天分。

春琴自明治十九年上旬患病，在患病之前，还同佐助一起来到中庭，打开鸟笼，放飞云雀。据鸭泽照所见，二位师傅手拉着手，仰望天空，听着云雀的声音从高空传来。云雀一边啼叫，一边蹿入云间，迟迟没有飞回来。由于时间太久，两个人焦急地等了一个多小时，云雀最终还是没有飞回笼中。春琴此时便开始快快不乐。不久，又患了脚气。到了秋天，日益严重。十月十四日，春琴因心脏骤停溘然长逝。除云雀外，家中还养着第三代天鼓。春琴去世之后，这只天鼓留于世间。佐助悲痛欲绝，每次听到天鼓鸣叫，总是以泪洗面。一有时间就去佛前焚香，时而弹奏古筝，时而弹奏三味线，只弹《春莺啭》这首曲子。曲子以"绵蛮黄鸟，止于丘隅"①为起句。这首曲子乃春琴之代表作，倾注了她的全部心血。歌词虽短，过门却很复杂。春琴听到天鼓的鸣叫声，获得了灵感。曲子从"莺泪消融"一节开始，春日深山积雪开始融化，淙淙流水逐渐湍急；松涛回响；东风来访；荒山晚霞；梅香四溢；繁樱似海，万般景色引人入胜。从山谷到山谷，从枝干到枝干，隐约之间，仿佛是一只

---

① 此句引自《大学》，意思是：啾啾鸣叫的黄雀栖息在山丘的一角。原文出自《诗经》："绵蛮黄鸟，止于丘阿。道之云远，我劳如何。饮之食之，教之诲之。命彼后车，谓之载之。绵蛮黄鸟，止于丘隅。岂敢惮行，畏不能趋。饮之食之。教之诲之。命彼后车，谓之载之。绵蛮黄鸟，止于丘侧。岂敢惮行，畏不能极。饮之食之，教之诲之。命彼后车，谓之载之。"

啼鸟在倾诉心声。春琴生前，每弹奏这首曲子，天鼓也欢呼雀跃，敞开歌喉，引吭高歌，同弦音一较高低。天鼓听到这首曲子，想起了出生故土的溪谷和广袤天地的阳光。佐助在弹奏《春莺啭》时，又会神驰何处呢？以触觉的世界为媒介来凝视主观世界当中的春琴，已经习惯了这一切的佐助，他会通过听觉来填补这一缺陷吗？人只要不失去记忆，就可以在梦中遇见故人。但是对佐助而言，活着的人也只能在梦中相见。至于何时生离死别，恐怕很难分得清楚。顺便说一下，春琴和佐助之间除了前文所说的孩子之外，还育有两男一女。女孩出生后便夭折了。两个男孩子在婴儿时就被河内地区的农民领走。春琴死后，佐助对遗腹子好像并无留恋，也没打算领回来。孩子也不愿意回到盲父的身边。佐助一直到晚年，无子嗣，无妻妾，一直被门徒们照料着。明治四十年十月十四日，也即"光誉春琴惠照禅定尼"的祥月忌辰这一天，佐助与世长辞，享年八十三岁。

据我揣测，在二十一年孤独的生涯里，佐助塑造出了一位和昔日春琴截然不同的春琴形象，并且日益清晰地看到了她的模样。据说，天龙寺的峨山和尚听到佐助自残双眼的故事后，盛赞他参透了禅机，称赞佐助："内外二断[①]，化丑为美，几近完人所为。"各位聪明的读者，不知道你们同意这种看法吗？

（昭和八年六月）[②]

杨本明　译

[①] 《金刚经注解》第三十四卷中有"菩萨者、内断心中诸妄、外断世间诸相、内外二断、亦无二断相"一句偈语。

[②] "昭和"两字出自中国《尚书·尧典》的"百姓昭明，协和万邦"。昭和八年指的是1933年。

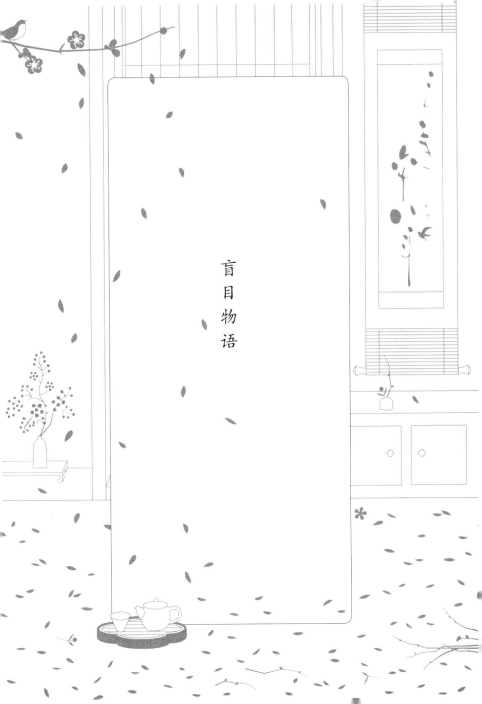

盲目物语

我生于近江国 ① 长滨 ② 之地，生年为天文二十一年 ③，壬子年。今年多少岁了？没错，六十五岁，不对，六十有六了。说起来，我双眼失明还是在四岁的时候。记得一开始还能依稀辨别事物的形状，晴朗的日子里，近江湖 ④ 的水色还能明澈地映入我的瞳仁。然而此后不到一年，就完全成瞎子了。也曾到处求神拜佛，但丝毫没起作用。我生于农家，十岁失怙，十三岁又亡母。之后就学了些给人捏腰腿的手法，靠着官府杂役们的怜悯，勉强糊口。日子就这样过着，直到大概十八岁还是十九岁的时候，偶然有人帮忙介绍，将我引荐到小谷城 ⑤ 去侍奉领主，我才得以住进那座城里。

不用我说，客官一定很清楚，小谷城就是浅井备

---

① 旧国名，又称江州，今日本滋贺县一带。
② 今滋贺县长滨市。
③ 后奈良天皇在位（1532—1555）时的年号，属于日本战国时代。天文二十一年为1552年。
④ 今琵琶湖。
⑤ 战国时代的一座城堡，依山而建，是当时近江国浅井郡领主的居城，位于今滋贺县长滨市。

前守长政公①所在的城堡。长政公虽然年纪轻轻，却着实是一位优秀的将领。彼时其父下野守久政公②也还健在，有传闻说他们父子关系不睦。不过此事原是久政公的不是，为首的重臣和一众家臣也大都听服于长政公。此事的起因还在长政公十五岁时。

永禄二年③正月，下野守久政公之子新九郎行冠礼，称备前守长政，娶江南④佐佐木拔关斋⑤的老臣平井加贺守大人的千金。然而这桩婚事并非出自备前守大人之本意，而是由于久政公的强行命令。久政公认为，江南与江北历来征战不休，眼下虽然和平，但

① 浅井长政（1545—1573），浅井为姓氏，备前守为官名。
② 浅井久政（1526—1573），浅井长政之父，后文提到的亮政公——浅井亮政之子。官名称下野守。
③ 正亲町天皇在位时的一个年号（1558—1570），属于日本战国时代。永禄二年为1559年。
④ 室町时代（1336—1573）至战国时代（1467—1615，战国时代的年代区分还有不同说法），近江国分为南近江（江南）和北近江（江北）。江南由佐佐木氏嫡流六角氏统治。江北原来由佐佐木氏庶流京极氏统治，浅井亮政时代，原本作为家臣的浅井氏取代京极氏成为江北领主，与江南对峙。另，佐佐木氏为宇多天皇后裔。
⑤ 本名为六角义贤。

是保不齐什么时候又起战事。如若与江南联姻，以作议和，或可免将来国土动荡之忧。话虽如此，备前守大人对于给佐佐木的家臣做女婿一事，无论如何都高兴不起来。但是父亲之命不可违，只得暂且娶了平井大人的千金。然而不久，久政公又命备前守大人去江南给平井加贺守敬酒，行父子礼。听闻父亲此番命令，备前守大人愤怒不已。先前无法违抗父亲之令，做了平井之流的女婿，已是十分委屈，现在居然还要亲自去平井家缔结父子契约，是可忍，孰不可忍。备前守大人当下怒言，既生于骑射之家，当求取治乱之道，举旗号令天下，成为武门栋梁，方显武士本色。随后未请示父亲就将平井家的千金送回娘家去了。备前守大人此举未免过于鲁莽，久政公大为光火也不难理解，然而十五六岁的年纪能如此心怀大志，实非寻常之辈。颇有当初创下浅井家业之乃祖亮政公的风范，天生一副豪杰气概。有如此主君在，家运当可绵延千秋万代。家臣们纷纷钦佩备前守大人，仰慕其才干，而不再追随其父久政公。久政公不得已将家主之位让于备前守大人，自己则带着妻子井口夫人隐居至竹生岛①去了。

不过这些都是我去城里侍奉之前的事情了。我入城之时，他们父子关系已经有所缓和，下野守大人和井口夫人已经从竹生岛回来，住在城里了。备前守长政公当时大约二十五六岁的样子，已经再次成婚。新夫人出身显赫，是信长公②的妹妹，称作阿市夫人。据说这桩姻缘结成于信长公自美浓国③进京之时。信长公认为当下江州最杰出的武将当属年轻的浅井备前守，诚心想与之结盟，便问长政公："可愿与鄙人结亲？如若答应，则浅井与织田合力，定能将窝在观音寺城④里的佐佐木六角干掉，携手入京，共理天下。美浓之国，若亦欲得，攻取即可。然越前国⑤朝仓家与浅井家渊源深厚，织田家决不会轻易染指，越前一国当依附浅井家指示，此为诺。"信长公言辞诚

① 本文中近江湖即琵琶湖北部的一座小岛。
② 织田信长（1534—1582），日本战国时代第一代霸主，致力于统一日本。
③ 旧国名，又称浓州，今日本岐阜县南部。
④ 战国时代的一座城堡，为江南六角氏所在的居城，位于今滋贺县近江八幡市。
⑤ 旧国名，位于今福井县，领主为朝仓氏。

恳之至，长政公回复"悉听尊便"，一桩良缘就此缔结。长政公不甘屈居拔关斋下风，断然拒绝娶佐佐木家臣的女儿为妻，不承想却得到了当时在诸国间所向披靡、气势如日中天的信长公青眼相加，成为织田家女婿。这自然是因为长政公雄才武略，不过由此看来人还是要有一些大志向啊。

话说那位没缘分的前夫人，与长政公生活了不到半年，我也不太清楚其品貌如何。但是现在的正妻阿市夫人，尚在闺中时便已传闻是个稀世美人。长政公夫妇感情也极好，孩子一年接一年地生，我入城之时，少爷小姐已经有两三个了。年纪最长的唤作阿茶茶小姐，彼时还是个惹人怜爱的稚童，没想到长大后竟蒙得太阁殿下①宠爱，又颇有福气地诞下右大臣秀赖公，成为赫赫有名的淀夫人。人的命运可真是难以预料啊。不过彼时阿茶茶小姐的样貌就已经十分出众了，脸型、鼻子、眼睛、小嘴都跟阿市夫人长得一模

---

① 丰臣秀吉（1537—1598），原名木下藤吉郎、羽柴秀吉。初为织田信长手下，本能寺之变后讨伐明智光秀，成为织田信长实际的接班人，一统天下，退位后称太阁。

一样，连我这么一个盲人都能依稀感觉得到。

像我这种卑微低贱之人，到底是积了什么德，能到如此高贵的夫人小姐身边侍奉呢？客官莫急，是这么回事，前面忘记说了。一开始我是来给武士们推拿按摩的。在城里的日子有时闲得无聊，大伙儿就对我说："小师傅过来给弹个三味线曲儿呗。"我也就不负众望地唱了些时下流行的歌曲。许是有些闲话传入了内院，某日一个小使来唤道："听说城里来了个会唱曲儿的有趣的师傅，请到夫人跟前走一趟。"自那以后我又被叫去了两三次。事情就是这么个起因。

没错，偌大一座城堡，除了武士，还有许多人在这里侍奉，还雇了猿乐①班子，原本轮不到我这种人去讨主子欢心，但是高贵的夫人大概偏偏觉得这不入流的时兴小曲儿听着新鲜吧。而且当时三味线还不像现在这么普及，只有零星一些好奇之人在研习，许是这种新奇的丝弦音色打动了她吧。说起来，我掌握这门技艺，并非拜师学来的。不知为何，我生来就喜

① 一种日本古代表演艺术，能乐的前身。

欢听音乐，而且一听就能马上把曲调记下来，不用人教就能自然而然地弹唱出来。三味线原不过是我为解闷儿偶尔摆弄一下的，不知不觉间竟练成了一门本事。当然我这毕竟只是业余的小把戏，尚未到能供人欣赏的程度。然而大概正是这份拙朴比较讨喜，夫人总是称赞我，每次去表演都能获得不少打赏。彼时正值战国时代，四处的战火就没有停歇过。然而战争期间自有战争期间的乐子。主公大人一出远征，女眷们就没什么事可做了，也就是弹弹琴解解忧。而且长时间闭居城堡，士气也容易消沉，因此不论是前堂还是内院，都会不时举行一些热闹的活动。所以战争期间的日子也并不像现在人想的那样完全是乌云笼罩。夫人尤善抚琴，百无聊赖之时便会拨弄一曲，有一回我也弹起了三味线，不论夫人弹奏什么曲子我都跟着应和。夫人似乎十分满意，直夸我心灵手巧，自那以后我就一直留在内院侍奉了。阿茶茶小姐也咬着还口齿不清的舌头喊我"小师傅、小师傅"，一天到晚要我陪她玩。她常常说："小师傅，唱首葫芦歌儿吧。"那首葫芦歌儿是这么唱的：

我要在屋前悄悄

种下一株葫芦苗

苗儿爬呀葫芦结

我的心儿飘呀飘

还有一首这样的歌：

美丽的漆斗笠哟

是河内①营的礼物

嘿呦嘿﹏嘿呦嘿

哥踩风箱要用心

炼铁炉都裂开喽

嘿呦嘿﹏嘿呦嘿

其他还有许多歌，曲调我都记得，但是词忘记了，

哎，人一上年纪就糊涂了。

———————————

① 今大阪东南部。

　　话说之后信长公与长政公失和，两家之间发生战争，是在哪一年呢？想起来了，姊川之战 ① 发生于元龟元年 ②。客官是饱读诗书之人，这些事情再清楚不过了。那时我也才到小谷城侍奉不久。听说失和的原因在于，信长公事先没通知浅井家就攻入了越前国朝仓家的领地。说起来浅井家是在先祖亮政公时，受到朝仓家帮助才壮大的家业，自那以来浅井家一直蒙受朝仓家照拂。正因为此，浅井家才会在与织田家联姻时收下信长公决不侵犯越前国之誓约。然而不过三年，誓约就成了一张废纸。原本已经隐退的下野大人首先发火大骂："信长这个言而无信的家伙，跟我家一声招呼都不打就下手，真是岂有此理。"他来到长政公殿前，召集文官武将道："卑鄙信长，灭掉越前之后早晚要来攻打我城。我们必须趁现在越前国尚稳固，与朝仓联手讨伐信长。"下野大人来势汹汹，长

———————

① 1570 年织田信长、德川家康联军在当时近江国浅井郡的姊川击败浅井长政、朝仓义景联军。

② 正亲町天皇在位时的一个年号（1570—1573）。元龟元年为 1570 年。

政公与众家臣一时无语。

说起来，此番毁约是信长公不对，但朝仓大人凭着织田家与浅井家的誓约，一向对织田家不恭。特别是信长公屡屡进京，朝仓大人一次都未曾遣使问候过，这对于天皇和大将军 ① 也是失礼。家臣们大都认为，若与织田为敌，即使联合了朝仓也没有胜算。眼下不如做做样子派出个千把人去帮助越前。同时对织田家那边想办法敷衍一下。听闻此番提议，老大人愈加怒不可遏，道："你们这些下等武士，有何脸面说这种话？不管信长是何等鬼神，我等都不能忘了祖上的恩情，弃朝仓家于危难之中。如果做了这等事，那将是武士永世之污名，浅井一门之耻辱。我老头子就算独身一人，也不做这种忘恩负义的胆小鬼。"下野大人睥睨四座，气势凌人，老臣们赶紧打圆场道："您先别急，我们仔细计议。"然而老臣们的劝解也没有作用，下野大人激动得浑身发抖，咬牙切齿地道："你们都是嫌我老头子碍事，想要切了我这老肚

---

① 全名为征夷大将军，开设幕府，具备实际统治日本的权力。不过战国时期的足利幕府已经形同虚设。

皮吧。"

　　虽说老人总是比较看重情义礼节，下野大人这么说也不无道理。但是另一方面，他长久以来心怀偏见，认为家臣们都瞧不起自己。加上自己特意挑选的儿媳妇又遭长政公厌恶，另娶了阿市夫人。对于这件事情，下野大人至今仍耿耿于怀。他话里话外都带着讥讽："看见没，这就是当初不听父亲命令的结果。事到如今还对那个骗子信长客气什么？被欺负到头上，还畏畏缩缩忍气吞声，大概是被老婆的美色捆住了手脚，不敢反抗织田家。"备前守长政公默默地听着老大人和众家臣争执，长叹一口气道："父亲所言甚是。我虽然是织田家的女婿，但是祖上的恩情不能忘，明天就派人把那张誓约还给织田家去。不论信长何等虎狼之势，只要我们跟越前同心合力背水一战，未必打不过他。"长政公说得斩钉截铁，既如此，众人便下定了决心。

　　然而此后每逢商量战事，老大人就跟长政公意见相左，总是难以达成一致。长政公大将之才，天生英勇，他认为既然与迅疾如雷的信长为敌，就不能磨磨蹭蹭地坐以待毙，而应该出其不意反攻过去。然而老大人因为上了年纪，凡事过于小心，反而招致不利。信长公从越前国退回京都时，长政公想趁机与朝仓军联手，杀入美浓，攻下岐阜。如此一来信长就会马上赶回来。但江南有佐佐木六角一族把守，信长一时间应该很难从那里通过，而浅井与朝仓联军则趁此时从岐阜折回，埋伏在佐和山①前等候，必可取信长首级。长政公做了如此一番谋划，派使者告与朝仓大人，谁知道居于一乘谷馆②的朝仓家也是一帮不性急的家伙，他们认为大老远跑去美浓，要是被敌人前后夹击可就麻烦了。义景公及朝仓家上下，无一人赞同长政公的做法，他们回复道："不如等信长来打小谷城时，我国再召集兵力来支援贵军。"真是可惜了长政公的谋略。长政公听闻此番回复，叹道："没想到朝仓家如此迟钝，我算是看清楚义景的为人了。愚钝至此，想要战胜疾如雷电的信长，连一成胜算都没有。由于父亲之言，与这等废物结盟，真是天要亡

① 位于今滋贺县彦根市。
② 越前国领主朝仓氏的居城，位于今福井县。

我。"长政公痛陈心迹，自此也明白浅井家与己身都命数不久了。

之后就发生了姊川之战、坂本之战，中间虽然也曾调停过，但是很快和谈又破裂了，织田军一步步地蚕食了浅井家领地。长政公说的话都应验了，也算是"君无戏言"吧。不过两三年间，佐和山、横山、大尾、朝妻、宫部、山本、大嵩等城池接连失守，小谷主城变成了光杆司令，敌军步步紧逼至城下。六万余骑军将小谷城密密麻麻地围了数十重，信长公为大将军，麾下有柴田修理亮①、丹羽五郎左卫门、佐久间右卫门尉等骁勇名将。太阁殿下当时的名字还叫木下藤吉郎，在离城堡不到两里地的虎御前山扎营，窥探城中动静。浅井大人的家臣中虽然也有一些优秀的将领，但面临这种局面，许多曾经忠诚可信的人也变了心，渐渐地投向了织田，我方势力日趋衰弱。城中收着一些当人质的女人孩子，还有一些其他小城逃来的武士，人员比平常还要多得多，一开始大家都有些焦

---

① 柴田胜家（1522—1583），又名修理亮，原是织田信长麾下第一猛将，后与丰臣秀吉对抗。

虑。在日日夜夜的战火里，人们唱着小调："忧也一时，喜也一时，醒来都是梦。"不久，位于老大人久政公所居城堡与长政公所居城堡之间的中城，负责守卫此处的浅井七郎大人和玄蕃之助大人暗通藤吉郎，引敌军入该城，于是城中立马陷入黑暗。

此时信长公的使者来劝道："长政公与我家大人失和的根本原因在于朝仓，现如今织田家已经踏平越前，打败义景，因此，我家大人也别无他意了，长政公也无须再对朝仓尽情义了。如果你们交出此城堡撤离的话，姻亲情分还在，织田家也不会怠慢。今后如在织田麾下尽忠，可赐予大和一国。"一番言辞颇为恳切。城中议论纷纭，有人高兴地说这个劝和来得正是时候，也有人认为这不是织田大人的真心，一旦救出其妹阿市夫人，他一定会逼长政公切腹自杀。不过长政公还是接见了使者，道："一番美意我已知晓，但我沦落至此，还能给后世留下什么美名呢？唯有战死沙场以明志。请代为问候您家大人。"便断然拒绝了劝降。信长公回复道："看来您不相信我。我说的都是真话，请勿求死，放心撤退。"如此再三遣使劝说，但长政公心意已决，无论如何都不为所动。

八月二十六日晚，长政公请来御菩提寺的雄山和尚，在小谷城后方的曲谷让石匠做了石碑，刻上德胜寺殿天英宗清大居士的法名，并在石碑后面刻上亲笔写的铭文。之后于二十七日一早召集守城武士，请雄山和尚主持法事，长政公坐于石碑旁，命众家臣为其上香。众家臣固然不肯，终究无法抗令。石碑被悄悄地运送出城，从竹生岛东边约莫两里的湖中心沉入了湖底最深处。城中众人见此情景，皆做好了战死的准备。

夫人在当年五月刚刚诞下小少爷，由于产后疲弱，已经一个多月闭门不出了。我始终在左右伺候，给她按摩肩腰，陪她闲聊，以作安慰。说起来，长政公虽然气概勇莽，对夫人却是极为温柔。整日拼命忙碌，晚上一回到内院就会高兴地喝酒，百般安抚夫人。甚至还会对侍女们和我开玩笑，似乎完全未将几万敌军围城的事放在心上。本来领主夫妇之间的感情，即使侍奉于旁也很难弄明白。不过我想，夫人夹在兄长与丈夫之间应该是极为痛心的吧。而长政公同情、疼爱夫人，护她体面，种种所为都是要使夫人振作起来吧。说起来那时我侍立于宴前，长政公大人吩咐道："小师傅，三味线已经听腻了，还有没有更好玩的节目给我们下酒啊？要不你跳一个棒缚舞①来助兴吧。"于是我笨拙地跳了起来。

> 十七八的姑娘哟
>
> 似晾竿上的布条
>
> 扯一下哟惹人喜
>
> 拉过来哟惹人怜
>
> 比丝细的腰肢哟
>
> 搂住它哟不得了
>
> 爱哟爱得不得了

这是我自己想出来的滑稽舞蹈。当我跳到"比丝细的腰肢哟，搂住它哟"这个动作的时候，众人都捧腹大笑起来，大概是因为看到一个瞎子比划出来一些

---

① 《棒缚》为室町时代的一个狂言剧（日本传统滑稽剧）。

奇怪的手势，觉得太可笑了。在众人喧闹的声音中，我听到了夫人的笑声也掺杂于其中，心想："啊，她总算心情好点儿了。"当下便觉得自己所做的事情都是值得的。然而令人难过的是，随着日子一天天过去，无论我再出什么新招，跳什么有趣的舞蹈，都只能得到夫人微微的一声"呵呵"，不久以后连这点声音都几乎没有了。

有一天，夫人肩膀酸疼得厉害，让我帮忙稍微按摩一下。我绕到她背后帮她揉。夫人坐在垫子上，靠着扶手，似乎迷迷糊糊地睡着了。然而不时地又传来一声叹息。若是以前，这种时候我都会陪夫人说说话，但近来夫人都不怎么发话，我也只能毕恭毕敬地专注于按摩，这种气氛让我感到极为拘束。一般来说，盲人比普通人的感觉更灵敏。何况我每日每夜为夫人按摩，对她的身体状况比较了解。她的心事通过我的指尖自然而然地传达过来，我默默地按揉，悲伤的情绪直往心头涌。

恕我僭越，当时夫人约莫二十二三岁，虽然已经生过四个孩子，但是凭着天生丽质，且从未吃过苦，未受过风吹雨打，所以肌肤仍然丰腴柔软。我虽然是隔着绫绸衣服给她按摩，但是手指触碰的感觉与其他女子迥然不同。当然，这次毕竟是第五次生产了，憔悴了些许，瘦了些许，但这样苗条的身段反而别添了一种无与伦比的风姿，令人惊艳。老实说，我长年以推拿按摩为生，到如今，不知接触过多少年轻女子，却从未见过夫人这般柔软婀娜之人。手如柔荑，肤若凝脂，真真是冰肌玉骨。至于头发，夫人自述产后稀薄了不少，但依然雾鬓云鬟，常人皆不能比，甚至多得有些令人烦扰。一缕一缕，青丝如绢，纤细顺滑。浓密的秀发瀑布般倾泻于后背，在衣服上沙沙地摩擦，甚至有些妨碍我按摩。然而，这般尊贵人物，城池陷落之后会是何等命运呢？这胜雪肌肤，等身绿云，还有这包裹着纤细玉骨的柔软身子，难道要与这城楼一同化为灰烬吗？虽然战国时代命如草芥，但要夺去如此花容月貌、我见犹怜之人的性命，天理何在？信长公现在还没有搭救亲妹妹的想法吗？像我这样的人，虽然担心也无用，但既然与夫人有缘，得以侍奉于旁，生为盲人却也因此幸运地能亲手触碰到如此高贵的身体，早晚为其按揉腰背，我心中早已认定唯有这样的工作才有意义。而如今，这份工作还能做到什么时候呢？这么一想，忽然悲从中来，觉得今后已了无生趣。

此时夫人又叹了一口气，唤道："弥市。"我在城中一向被人叫"小师傅"，夫人说"也不能老叫小师傅"，便赐给我"弥市"这个名字。

"弥市，你怎么了？"夫人再次问道。

"在。"我惴惴不安地应道。

"你今天完全没有用力啊。再使点儿劲儿吧。"夫人道。

"对不起。"我答道。

刚才在那里杞人忧天，手上不知不觉就松懈了，现在回过神来便专心致志地给夫人按揉起来。不过夫人今日肩膀发硬，脖颈两侧出现了如同小毛线球般的结块，很难揉开。身体如此僵硬，定是因为夫人心中十分痛苦吧。她一定怀着种种忧思，夜间也很难睡好吧。真是可怜啊。我正如此推想时，夫人又唤道："弥市。"

"你打算在这城里待到什么时候呢?"夫人问道。

"回夫人,小人愿意永远服侍夫人。小人愚笨,没什么用,如能蒙您垂怜使唤,就感激不尽了。"我答道。

"是吗。"夫人沉默了一会儿,又道,"虽说如此,但你也知道,城中这许多人,今天少一个明天少两个,不知不觉已经没剩多少了。那些堂堂的武士都弃主离去了,不是武士的人又何须客气呢?况且你眼睛也看不见,还在此磨磨蹭蹭的话,恐有危险。"

"感谢夫人好意。弃城或留下,各人有各人的想法。如果小人眼睛看得见,或许还能趁着夜色逃脱,但现在四面都被包围,即使您让小人走,也无路可逃。小人虽然是个微不足道的盲师傅,但也不愿意就这样被敌人抓去,求他们怜悯。"

我这么一说,夫人便不再言语,似乎开始偷偷地擦眼泪,因为我听到她从怀里窸窸窣窣地掏出纸巾的声音。我比起自己的命运,更关心夫人作何打算。夫人是要与长政公同生共死呢?还是心疼五个孩子,另有考虑呢?我焦虑不安,又不能越俎代庖地向夫人询问这些事情。夫人此后亦再无话，我唯有静候。

　　这次谈话是在举行石碑法事两天前的事情。话说八月二十七日清早，在武士们上香之后，长政公接着将夫人、孩子们、侍女们，包括我，召到石碑前，道："来，你们也来拜一下吧。"此时女眷们都悲痛万分。啊啊，如此一来小谷城的命数真的到头了，主公大人即将战死啊！每个人都万念俱灰，没有人肯上前烧香。这两三日敌人攻城更加猛烈了，不管白天晚上都没有停歇过。这天一早，难得敌人放松了些，城里城外一片平静，大堂里众人如同冰冻了般哑然无声。此时正值仲秋，这里处于近江国靠北的山上，夜色尚未完全褪去。我居于末席，感到寒风冷飕飕地渗入身体，听见院子里草叶间传来吱吱吱、吱吱吱的阵阵虫鸣。忽然间，大堂角落里不知是谁抽抽搭搭地啜泣起来，于是一直强忍着的众人也纷纷抽抽搭搭地哭开了，连尚不懂事的孩子们也都哭出声来了。然而这种时候夫人却仍不失镇静，用沉稳的声音斥责阿茶茶小姐道："你年纪最大，哭什么呢？我之前说过的话都忘记了吗？"又唤来嫡长子万福丸少爷的乳母，道：

"少爷带头上香去吧。"于是，万福丸少爷第一个上前烧香，随后是当年生的小少爷上香。接着夫人又唤道："阿茶茶，该你了。"

此时长政公忽然脸色一紧，道："你应该排在小姐前面。"

"是。"夫人嘴上应诺着，身子却迟迟不肯动。

"我跟你说过多少遍了，怎么还不明白？都到这种时候了，还不听我的吗？"平日对夫人极尽温柔的长政公此时显得格外粗鲁。

"您的好意我已明白。"夫人决心已定，在座位上纹丝不动。

长政公大声呵斥道："你忘记了作为一个女子的德行吗？祭奠亡夫、抚育子女成人，才是作为妻子的责任。如果这点道理都不懂，我就没法把你当作永世之妻，你也别把我当丈夫了！"

长政公的呵斥之声铿锵有力地响彻整个大堂，众人都被惊吓住了，屏声静气以观事态发展。大堂里一片死寂，不久终于听到了衣服在榻榻米上窸窸窣窣摩擦的声音。夫人迫不得已，上前烧香了。然后长女阿茶茶小姐，次女阿初小姐，三女小督小姐接连上去烧香叩拜。其余人也都陆续拜过。

之后石碑就被抬出去沉入湖底，这件事我在前面已经提过了。夫人在众人面前虽然暂且听从了长政公的命令，但据说之后她一整夜都在央求长政公："大人您若走了，我有何脸面苟活于世呢？别人会戳着我的脊梁骨骂我不配为浅井家的妻子。请您一定要带我走。"完全没有改变决心的迹象。到二十八日巳时左右，织田大人的使者不破河内守第三次来长政公处传话询问是否还未改变心意投降。长政公道："多番好意，永志不忘。但我无论如何都会切腹于此。只是妻女乃女子之身，与信长公也有血缘，容我说服她们，稍后送去。承蒙怜悯，还请饶恕她们性命，照顾余生。"如此恳切托付一番后送回了河内守大人。然后来细细劝解夫人。话说长政公夫妇二人原本就和睦相爱，现在夫人要一同赴死，长政公又怎会怪她呢？算起来两人从结婚到现在也就短短六年的缘分。这六年间世道始终不太平，长政公时而远赴京城，时而去往江南前线，没过一天安乐日子。如今夫人只希望与长政公一莲托生、永世相守，这番心意绝非不通情理。长政公虽然一向英勇，其实内心格外柔软，并不舍得将年轻的夫人杀死，想方设法要将夫人救出去。何况还要考虑孩子们的前途。长政公百般劝解，晓以大义，终于说服了夫人，同意带着小姐们回娘家。至于少爷们，虽尚年幼，但落入敌手恐有危险，于是二十八日深夜长政公命一个叫作木村喜内之介的近侍带着长子万福丸少爷悄悄出城，去越前国敦贺郡投奔一位故交。小少爷则寄养至本国福田寺，也是在那天夜里，由叫作小川传四郎和中岛左近的两名武士带着乳母一同出发，先坐船至福田寺附近的湖边，在芦苇丛中藏身了一段时间。

二十八日夜里，夫人与长政公通宵对饮离别酒，互诉衷肠，依依不舍。秋夜虽长，不知不觉间却已至破晓，两人就此道别。东方渐白之时，夫人从城门口上了轿子。三位小姐由她们的乳母陪伴分乘三顶轿子跟在后面。夫人从织田家出嫁时带来的一个叫作藤挂三河守的内侍，带着手下在轿子前后保护。此外还有二三十个侍女跟随其后出了小谷城。长政公一直送到轿子旁，那天早上他身着黑丝铠甲，外披金缎袈裟，据说这也是他直至临终的装束。起轿前，长政公道："往后就交给你了，保重。"言语坚定，充满勇气。夫人道："您尽可放心行事。"夫人亦是十分坚强，为了不让长政公看见自己落泪，一直强忍着。两位年幼的小姐尚不谙事，由乳母抱在怀中，对任何事情都是懵懵懂懂的。但是阿茶茶小姐朝着父亲的方向频频回头，拼命哭喊"不要走，不要走"。无论如何哄劝都止不住哭泣。同行之人见此状，皆悲伤不已。那时谁也没料到，后来这三位小姐都大有出息。阿茶茶小姐成了淀夫人，阿初小姐嫁给京极宰相 ① 大人成了常高院夫人，最底下的小督小姐更是不得了，做了当今大将军 ② 的夫人。命运的莫测真是令人感慨万分。

信长公接到妹妹和外甥女等人，十分高兴，亲切

---

① 京极高次（1563—1609），先后仕于织田信长、明智光秀、丰臣秀吉，1584 年凭战功正式成为大名。1587 年，迎娶表妹浅井初为正室。

② 德川秀忠（1579—1632），德川家康第三子。1595 年，经丰臣秀吉安排，娶浅井江为妻。1616 年家康过世后，他正式掌握天下大权，致力推行"武家诸法度"，具有高妙的政治才能。

地对阿市夫人说："你能明白事理出来就好。"又道："我费尽口舌劝浅井，希望他投降，但他无论如何都不肯听，可见是个爱惜名声的武士。让他死并非我本意。但武士有武士的志气，还请谅解。你困在城里这么长时间，受苦了。"信长公与阿市夫人毕竟是同胞骨肉，感情自然与众不同，言语间毫无隔阂。谈话过后，信长公就将阿市夫人交给了织田上野守大人①，吩咐其悉心照顾。

战火原本在二十七日早上一度停歇，但现在阿市夫人既已交出，就没什么好犹豫的了。信长公亲自登临中城京极丸尾，号令大军："全力拿下！"看来是要一鼓作气踏平小谷城，逼浅井父子切腹自尽了。接到信长公命令，大军挟裹着排山倒海的冲锋声发起了总攻。此时久政公老大人被困的城堡里，仅有八百兵士，虽固守四方，但终究无奈于敌军之庞大。加上柴田修理亮大人亲自打头阵，三下两下就爬上了城墙。

——————————

① 织田信包（1543—1614），织田信长之弟，阿市夫人之兄，信长死后，跟随丰臣秀吉征战。1614年于大坂冬之阵吐血而亡。

老大人明白大限已至，便让井口越前守大人暂且挡住敌军片刻，自己趁此期间切腹。介错①之人是福寿庵大人。另有一位叫作鹤松太夫的舞伶说道："平日里大人总是让我伴随左右，念在这场情分，请允许我今日也与大人同行。"说罢饮酒一杯，目送久政公往生后，为福寿庵大人担当了介错，然后从正厅退下一阶，在外面的地板上剖腹自尽了。此外，井口大人、赤尾与四郎大人、千田采女正大人、胁坂久左卫门大人也都自尽了。

老大人一把年纪惨遭不幸，然而回想起来也只能怪他自己。如果早早听从长政公的意见对朝仓家死心的话，也不至于落到如此境地。然而他没有眼光看清织田大人的运势，守着一些无谓的道义，最后遭此下场又能怨谁呢？而且既然退位了就不应该出来管事了，但他偏要在作战策略、出兵时机等事情上一一插嘴，妨碍长政公谋划。有好几回明明能打胜的仗因此贻误了时机，眼睁睁地看着机会溜走。如果久政公肯

---

① 为切腹之人斩首，帮助其加速死亡。

放手交给长政公指挥，纵然织田大人有天魔波旬①之势，最后的结局也不至于此。说起来浅井家之初代领主亮政公和三代领主长政公都是世间难得的名将，但二代领主久政公愚拙无谋、目光短浅，以致家族灭亡。如此想来，长政公也是悲惨。长政公身怀雄才，运气好的话取代信长公统领天下也未可知，但因为遵从父亲之令，而断送了自己的命运。我等每思及此，都扼腕不已，于心不甘。夫人的内心更是何等痛楚啊！然而这也是长政公一番孝道，无法评判他是对还是错。

久政公老大人的城堡是在二十九日午时左右陷落的，之后柴田、木下、前田、佐佐②等部队就合为一股涌向了主堡。长政公带着身边的约莫五百名近卫，冲出去攻击骚扰敌人，引诱他们跟上来靠近后就点起黑烟熏敌。对试图从城墙爬上来的敌人也是来一个就推下去一个，来一双就砍下去一双，没让一个敌人

---

① 佛教用语，指魔王。
② 分别指柴田胜家、木下藤吉郎（丰臣秀吉）、前田利家、佐佐成政。

进入城堡。到二十九日夜里，敌军也攻累休息了，第二天九月一日又开始进攻。长政公此时还不知父亲已亡，问侍卫："下野守大人现在如何？"侍卫答："老大人已于昨日自尽。"长政公道："我做梦都不知此事。既已至此，我对这世间还有何留恋呢？待我杀敌祭父之后，就去追随父亲了！"巳时左右，长政公带着二百兵士冲出城，在敌阵中英勇砍杀，毫不退却。然而柴田和木下的军队黑压压地围了上来，长政公的兵士只剩下五六十名，众人一字排开，打算撤回主堡时，却被敌人抢占了主堡，从里面关紧了门。长政公只好逃往位于城门左侧的赤尾美作守大人的宅邸，在那里剖腹自尽。浅井日向守为其介错。日向守及中岛新兵卫、中岛九郎次郎、木村太郎次郎、木村与次、浅井於菊、胁坂左介等皆追随主公而去。信长公虽然下令军队务必生擒长政公，但长政公亦是鼎鼎名将，英勇奋战，没给敌人可乘之机，最后敌人闯入房间时只得到了长政公尸首。

说到生擒，浅井石见守、赤尾美作守及其子新兵卫等三人运气不济，遭受了绳索捆绑之辱，被拖至信长公面前。信长公道："你们蛊惑主公长政起逆心，长年累月地害我。"石见大人也是个刚烈之人，回应道："我家主公浅井长政将军可不似织田大人这般表里不一。"信长公怒道："被活捉的武士还懂什么表里？"他被气得直用枪纂连戳石见大人的头三下。然而石见大人毫无怯色，道："殴打一个手脚被捆住的人，很有面子吗？织田大将军的品行果然与众不同啊。"石见大人讥讽之言招恨，当下即被杀。美作守大人则始终沉稳，织田大人对他说道："此人少年成名，号称鬼神之勇，今日为何成了我的手下败将啊？"美作守大人答道："我也老了。没什么可分辩的。"织田大人道："我留你一命，重用如何？"美作守大人固辞道："我已别无他求。"织田大人再道："既如此，那就留下你儿子新兵卫吧。"美作守大人回头看向儿子新兵卫，道："不，还是不要接受的好。免得担心将来被骗。"织田大人哈哈大笑道："老蠢货，不要怀疑本将军。本将军看起来就那么不可信吗？"之后果然对新兵卫委以重任。

　　话说小谷城夫人自从听说丈夫长政公自尽的消息

后就闭居室内，日日为亡夫祈冥福。有一日信长公来探望，道："我记得你还有一个儿子吧。那个孩子若还康健，我想带回来养育，以继承长政之后。"夫人一开始难以揣测兄长之本意，推辞道："少爷的下落我并不知情。"信长公又道："长政虽与我为敌，但稚子何辜。我是心疼外甥才来问的。"夫人看信长公似乎真是这么想的，便渐渐放心了，把万福丸少爷的藏身处告诉了信长公。信长公便派使者去越前国敦贺郡，命木村喜内之介将少爷带回来。喜内之介思忖一番后回复称少爷已经被自己杀掉了。然而此后使者仍三番五次前来传达夫人之意："吾兄话已至此，莫要辜负他一片好心。吾亦盼见吾儿平安之颜，请你早日将他带回。"夫人频频催促，喜内之介虽然难以相信，但藏身之所已经暴露，只得陪同万福丸少爷，于九月三日来到江州木之本。木下藤吉郎大人出来迎接少爷，并回禀信长公。信长公道："你把那孩子杀了，脑袋挂起来示众。"听闻此言，连藤吉郎大人都觉得十分为难，道："不至于此吧。"然而藤吉郎大人之言招来信长公一顿斥责，只得照吩咐执行。

长政公的首级与朝仓义景大人的首级一同被晒干涂红，于翌年正月，摆在木质方盘里，招待来拜年觐见的各地领主。因为浅井大人之故，信长公也曾屡陷险境，自是恨得咬牙切齿吧。然而说起来最初还是因为信长公自己违背誓约。哪怕是体察一下妹妹的哀思，也不应当对与自己有姻亲之谊的长政公做出如此行为。尤其是假借血缘之亲，欺骗阿市夫人，将她尚不懂事的儿子也悬首示众，何其残忍。因此天正十年夏，信长公在本能寺[①] 遭到报应，也许不止是因为明智光秀[②] 造反，还因为积累了太多人的仇恨吧。因果报应，屡试不爽。

木下藤吉郎大人，即后来的太阁殿下秀吉公，也就是从这时开始崛起的。在这次攻城中，以柴田大人为首的众人皆争立战功，尤以藤吉郎大人拔得头筹。

---

① 1582 年 6 月 21 日，织田信长之家臣明智光秀叛变，偷袭当时待在京都本能寺中的织田信长，致使织田信长自尽，称本能寺之变。

② 明智光秀（1528—1582），原本为织田信长手下重臣，发动本能寺之变，逼死织田信长及其长子信忠。之后在山崎之战中败于丰臣秀吉。

信长公大人十分高兴，将小谷城、浅井郡、坂田郡的一半、犬上郡等皆赐予藤吉郎大人，封他为江北守。藤吉郎大人觉得小谷城兵力太少，不利于防守，便将主城迁至我的故乡长滨。当时那里还叫今滨，正是此时改称的长滨。

这些琐事姑且不提了，不过秀吉公是何时开始惦记起小谷城夫人的呢？夫人当初离开小谷城时曾对我说："我想带你一起走，不过你还是先从这里逃出去，然后再来找我吧。"我本已做好了赴死的心理准备，但是难得夫人一番好意，心中便动摇了。于是混在轿子后面出了城，在街上躲了一两天，直到交战结束。然后我来到上野守大人的阵营前，寻求回到夫人身边。一来这里就有人打招呼说："这是夫人喜爱的盲人师傅。"我便幸运地没受什么严厉的苛责，重新回到夫人身边伺候。所以秀吉公来访时我也常常侍奉在侧。

秀吉公第一次来见夫人时，远远地便叩拜，毕恭毕敬地道："在下藤吉郎。"夫人也谦恭地颔首回礼，慰劳其作战之辛苦。秀吉公道："此番在下未建军功，却蒙赐浅井大人之领地，承继长政公之伟业，这对于武士而言是莫大的荣誉。今后凡事必将依从旧制以定江北，效仿故将军之威仪。"又道："夫人在军帐中想必诸多不便。如果身边缺什么东西，尽管随意吩咐在下。"一番话说得体贴周到，令人不禁感叹真是个亲切的人。尤其是秀吉公对小姐们亦极为和蔼，常逗她们开心。他对阿茶茶小姐说："这是年纪最长的姐姐吧，来，让我抱抱。"便让阿茶茶小姐坐在自己的膝盖上，一边抚摸她的头发，一边问道："今年几岁了？叫什么名字？"阿茶茶小姐勉强让秀吉公抱着，也不好好回答。她年幼的心中似乎也明白此人是攻打父亲城堡之首要人物，对他怀着恨意，所以忽然回过头指着秀吉公的脸道："你长得好像猴子啊。"秀吉公一时难以应对，便道："是的，我长得像猴子，小姐倒是长得跟母亲大人一模一样啊。"然后哈哈哈地大笑着掩饰过去。

此后不论多忙，秀吉公都会用心前来探望，带来各种礼物，连小姐们也都有份。这份关心殊胜旁人。夫人也渐渐放下了戒备道："看来藤吉郎是个可靠之人。"如今我回想起来，秀吉公恐怕早就注意到了阿市夫人举世无双之美貌，暗自倾心于夫人了吧。当然，夫人毕竟是主公信长公的妹妹，作为一介家臣岂能高攀。彼时秀吉公或许还没有什么打算，但也须得谨慎以待。虽然身份悬殊，但世事变幻无常，何况战国时代之兴衰成败更是风云莫测。所以在漫长的岁月里，秀吉公心中是否暗暗地怀着希望，有朝一日能抱得美人归呢？虽说英雄豪杰之内心非凡夫俗子所能揣摩，但我觉得自己的想法也并非胡乱臆测。

所以，当信长公命秀吉公杀死万福丸少爷时，秀吉公百般为难。他反复劝说信长公："这么小的一个孩子，放过又何妨。不如让他继承浅井大人的名号，施以恩情，反而是治世之基，仁义之道啊。"但信长公就是不肯听。秀吉公只好说："既如此，请您将这个任务交给他人吧。"秀吉公一反常态，忤逆上意，让信长公十分生气，严词呵斥道："你这次立了功，就自满起来了？这种进谏毫无必要。还敢违抗我命令，说什么叫别人去做，真是混账！"秀吉公灰头灰脑地退下，最终还是将少爷处决了。联想起来，秀吉公杀害万福丸少爷，然后一直为阿市夫人所记恨，秀吉公心中应该也是非常难过的吧。而且信长公的命令还不是普通的处死，是悬首示众。这种差事偏偏摊到秀吉公头上，不知是可笑还是可悲。后来秀吉公与柴田大人争夺夫人，秀吉公输了爱情，却最终挥师歼灭了柴田夫妇。自万福丸少爷一事起，秀吉公与夫人便成了生生世世的仇人。

少爷遇害一事，信长公有心瞒着夫人，所以当时应该没人敢告诉夫人。但悬首示众后诸人尽知，夫人或许是隐隐约约地听到了世间议论，或许是出于某种直觉，不知从什么时候开始察觉到了不对劲，猜到了不妙。此后每逢秀吉公来访，夫人脸色都不好。有一天夫人问秀吉公："越前后来再无音讯，不知少爷现在如何？我总是做噩梦，甚为担心。"秀吉公佯装道："我也全然不知。要不再派使者去一趟？"夫人平静之中带着尖锐，道："你不是说去接少爷了吗？"据在场的侍女们说，当时夫人脸色铁青，怒目铮铮地瞪着秀吉公。从此秀吉公就很难在夫人这里立足，渐渐地被疏远了。

话说信长公短时间内攻下数国，纳入囊中，又封赏将士，指派继任，诸事繁忙。九月九日又在岐阜城中庆祝重阳节。虽然每年都会举办重阳宴，但今年更有各大小领主盛装前来庆贺。庆宴之隆重，令人瞠目。

夫人称病，一时滞留江北，闭门谢客，谁都不见。同月十日，终于决定启程回尾州①（清洲）的娘家。当时信长公的主城设在岐阜的稻叶山，因此对于夫人而言住到幽静的清洲去反而比较合适。回乡途中夫人说想去竹生岛参拜，侍女们和我便陪同夫人从长滨坐船前往。那时，伊吹山顶已有积雪，近江湖上格外寒冷。不过早晨天气晴朗，远近群山尽入眼中。侍女们都扶着船舷，惜别自己长年生活的土地。雁鸣长空，海鸥击翅，皆引人泪下。风吹芦苇，水逐鱼影，无不令人伤怀。船至湖心竹生岛附近，夫人道："在此稍停。"众人一时不知何意，却见船头摆出来经卷桌，夫人朝着水面，双手合十，静静地念起经来。长

---

① 尾张国的别名，位于今爱知县。

政公的石碑大概就是在这个附近的水底里沉着吧。原本夫人提出要来竹生岛时，我们也想到了可能是出于这个缘故。船停于此，随波摇晃，夫人点起香，闭上眼睛一心一意地念诵"南无德胜寺殿天英宗清大居士"。念经的时间实在过于长久，众人都担心夫人会不会就这样从船边翻身跳下去，与夫君一同化作这水底的泥土。旁边的侍女们都悄悄地攥紧了夫人衣角。而我只是静静地听着夫人手中佛珠滚动的声音，闻着焚香缕缕不绝的芬芳。

之后夫人上岛，在寺中祈祷一夜，翌日至佐和山，休息一两日后才出发，终于平安到达清洲城。娘家早已备好良宅迎接，尊称夫人为"小谷夫人"，敬爱备至，生活上没有任何不如意之处。但夫人除了每日早晚念经诵佛，盼着小姐们长大成人以外，没有任何事情可做，也没有任何人来访，孤零零的，仿佛已经完全被世界遗忘。说起来，以前夫人身边来往者甚众，人事纷扰，如今终日闭居在这昏暗的深闺，无聊度日，连冬天短短的日头都觉得过于长了。在这样的日子里，亡夫的身影也自然而然地浮现于心头，种种情景历历在目，然而一切已成过去，令夫人悲痛不已。夫人毕竟生于武门，刚毅隐忍，从不轻易将自己的眼泪示人。不过此时大概因为身边几乎只有我们在了，揪紧的心一下子放松了吧。此时此刻，夫人终于将全副身心付与了哀伤。我有时经过走廊，听到冷冷清清的内室里传出低声呜咽，便知夫人定是又想起了什么往事在哭泣。大多数日子，夫人的袖口都是湿的。

就这般年复一年，恍若隔世。在此期间，春日樱飞，秋日枫红，我们劝夫人出门观赏散心，夫人总是说："我就算了。你们去吧。"夫人过着远离尘世的生活，与小姐们相伴是她唯一的乐趣，只有小姐们在身边时才听得到她开心的笑声。所幸三个孩子都茁壮成长，个子一天比一天高，连最小的小督小姐也能自己走路、牙牙学语了。夫人见此情景，联想到若亡夫还活着的话该有多好，又是一番哀叹。作为母亲，夫人尤其对万福丸少爷之死耿耿于怀，时时痛心。终究是因为自己思虑不周，将儿子交给了敌人，以致惨遭毒害。骗人者可恨，被骗的自己亦可恨，此心结尤为难解。另外也不知道寄养在福田寺的小少爷现况如何。幸好信长公不知道这个孩子的存在，暂时得以逃脱，但分离之时小少爷尚在襁褓中嗷嗷待哺，此后全然不知其安危。夫人虽然不曾明说，但每遇刮风下雨，便整日担心不已。由此种种，夫人更将小姐们看得无比紧要了，把对两位少爷的疼爱也都加到了小姐们身上。

京极宰相高次公，当时大概十三四岁的样子。后来做了信长公的侍卫。他成年之前曾寄居于清洲，有时会来夫人府邸。不用我说客官也知道，这孩子是江北贵族佐佐木高秀公之遗孤，浅井家原本属于他家门下。也就是说这个孩子原本应当是北近江国领主。然而其先祖高清在伊吹山下出家退隐，领地皆归顺浅井家。高次公一族只能勉强度日。前年小谷城陷落时，信长公为笼络江北之计，特意将这孩子招来，提拔为自己的侍卫。后来，天正十年六月，他参与明智光秀的叛变，和安土万五郎一伙攻打长滨城。庆长五年九月关原之战时，他又背叛丰臣秀吉，闭守大津城，以三千兵力抵挡一万五千大军。这都是后话，此时的高次公，还完全看不出后来的蛮横样子。此时从年龄上来说正是最淘气的时候，然而或许由于出身高贵却自幼寄人篱下、仰人鼻息，看上去总有些畏畏缩缩的可怜样。在夫人跟前也不怎么说话，老老实实的，我甚至都注意不到他在不在。他母亲是长政公的妹妹，因此他跟小姐们是表兄妹关系，夫人是他的舅母。夫人怀念万福丸少爷，因此也怜爱这个孩子，她对高次公说："你可以把我当成母亲，没事的时候尽管过来。"她对这孩子十分亲切，背地里夸奖道："那孩子虽然少言寡语，但是稳重，必定是个聪明人。"

没错，后来他与阿初小姐成婚了，但那是七八年之后的事情了。当时小姐年岁尚幼，还完全没有这回事。不过这孩子心中暗恋的似乎并非阿初小姐，而是阿茶茶小姐，总是悄悄偷看阿茶茶小姐的脸。当然，没有任何人注意到这点。只有我琢磨着，一个小孩子家家，像大人一样稳重少言，在夫人面前永远是恭恭敬敬的样子，这其中总是有什么缘故。若非此，夫人府上并无特别有趣之处，高次公怎么可能忍受着无聊频频前来一动不动地呆坐在那里呢？我觉得瘆得慌，隐隐约约察觉到了他的心意，悄悄对侍女们说："那

孩子好像看上阿茶茶小姐了。"但侍女们都嘲笑说是
我这个瞎子的偏见，没有一个人把我的话当真。

话说夫人待在清洲的这段时间，是自小谷城失陷
的天正元年秋天，至信长公去世之年的秋天。前后横
跨十年，约整整九年的岁月。真是令人感慨光阴似
箭，逝者如斯乎！不过我们远离世间纷乱，完全不知
何时何地发生了何种战事，只是静静地过着日子，又
觉得九年实在是很长。夫人的悲伤也不知从何时起渐
渐淡忘了，无聊之时又开始抚琴解闷了。我本来就乐
于此道，又能为夫人散心，因此侍奉之余也更加勤奋
地练习唱歌和弹三味线，磨炼技术，努力让夫人满
意。说到唱歌，隆达节 ① 小调似乎就是从这时流行起
来的。其中有这样的歌词：

却道君

霜乎霰乎初雪乎

一夜湿润

————————————

① 　大坂人高三隆达（1527—1611）开创的一种流行歌谣。被
　　誉为中世歌谣的完结点，近世歌谣的出发点。

刹那消融

还有这样的歌：

打翻醋瓶扔枕头

枕头无错何故抛

下面这首歌就更滑稽了：

束带赠予汝

常用故已旧

若怨束带旧

汝身亦不新

　　我那时常常唱这些歌给大家听。现在隆达节小调
已经不流行了，但它也曾红极一时，如同现在的弄斋
节 ① 小调一样广为传唱，无论高低贵贱。太阁殿下在

─────────

① 江户时代初期的一种流行歌谣。

伏见城观赏能剧的时候，曾请隆达大人登台演唱，幽斋公①为其击鼓伴乐。我在清洲之时，隆达节小调刚刚开始流行，我最初只是为给侍女们解解闷儿，用扇子打节拍轻声吟唱，有时也教她们唱。侍女们喜欢这些滑稽的歌词，一唱就笑个不停，不知不觉就传到了夫人耳朵里。夫人对我说："你也唱一个给我听听吧。"我推辞道："实在是上不得台面，有碍清听。"夫人道："但唱无妨。"自此以后我就时常在夫人跟前献唱了。夫人尤其钟爱"春雨当有知，不教花飘零"这句词，每次都让我唱这首歌。比起那些热闹欢快的歌曲，夫人似乎更喜欢沉静感伤的歌曲。我时常给她唱这样一些歌：

秋雨冬雪亦有时

思君之泪无穷日

或者是这样的歌：

---

① 本名细川藤孝（1533—1610），战国武将，精通文艺。本能寺之变后，剃发隐居，自号"幽斋玄旨"。

相思不敢告君知

假意又恐忘真心

　　不知为何，这两首歌的词十分合我心意，专心唱歌之时，只觉得胸膛里升腾起一股不可思议的力量，声调的抑扬婉转自然而然地变得更加细腻，音色更添光泽，常常令听众感动不已。我也被自己唱得入了迷，心中杂念一扫而空。我又给它编了三味线的曲子，在歌词之间加入有趣的间奏，让歌曲更富有情感。如此说来，我似乎有自夸之嫌，但是像这样用三味线来给小调伴奏，确实是从我们这样胡乱编排开始的。前面我也提到过，当时一般是用鼓来伴奏。

　　动辄就聊到曲艺，因为我一直认为天生嗓子好、会唱歌的人是极为幸福的。隆达大人原是堺①地的药商，因为擅长唱歌而蒙太阁殿下召见，让幽斋公为自己击鼓伴奏，是何等的名誉。当然，他是自成一流的

---

①　大坂南部。

大名人，与他相比，我实在是微不足道。不过我在清洲城度过了十年春秋，朝夕不离夫人，陪她共赏风花雪月。我能如此蒙夫人抬爱，只是因为略通音律。人各有志，不能说谁最幸福。也许有人会可怜我的遭遇，但对于我本人而言，这十年是我一生中最快乐的日子。所以我一点也不羡慕隆达大人。为何如此说呢，因为我能在夫人抚琴之时以三味线相合，能为她唱喜欢的小调抚平其心中之忧思。我一直以来都能得到夫人的称赞，这才是我毕生之心愿，而非太阁殿下的赏识。一想到这也是因为天生眼瞎之缘故，我活到现在，再没为自己的残疾而懊恼过。

俗语说"念念不忘，必有回响"。虽然我只是个渺小的盲人师傅，但忠义之心与常人无异。我希望夫人的忧思能尽量消解一些，心情好一些，为此我尽心尽力地侍奉夫人，并向神佛祈祷。可能是我这份诚心应验了吧，或许也并不只是这个缘故，夫人的身子眼见着丰满了起来。有段时间相当消瘦憔悴，不知何时起又恢复了从前的水灵。刚回故里之时，肩骨和最上一块肋骨之间都凹陷下去了，且越凹越深，脖子周围甚至瘦到只有原来的一半了。夫人一味地消瘦下去，我每次给她按摩时，都忍不住心疼落泪。然而令人欣慰的是，从第三四年起，夫人的肉又一点一点地慢慢长了起来，到第七八年的时候，比在小谷城时还要显得娇艳欲滴了，完全不像个已经生育过五个孩子的人。众人也都说，夫人的鹅蛋脸曾一时瘦削下去，现在面颊又圆润起来了，两鬓垂落的几缕发丝更添万般风情，连女人见了都着迷。夫人天生肤白似雪，又如积雪般长年累月地闭居在不见光的内室里，更出落得冰肌玉骨般清丽。据说黄昏时在暗处见到夫人沉思的雪白脸庞，能吓得人浑身汗毛都竖起来。盲人的感觉本就灵敏，物品的纹理大致上一摸便知。夫人有多白，我不用听别人说也能知道。不过同样是白，身份尊贵者的白还是要与众不同一些。夫人虽已年近三十，但随着年龄增长，却愈发地美丽，桃腮杏面，风鬟雾鬓，海棠标韵。身材比以前更丰满了些，袅娜娉婷，千娇百媚。肌肤柔如绸缎，比年轻时更加细腻光滑。如此美好的人儿却早早地没了丈夫，藏国色天香于一身，夜夜独守空房，这是何等的暴殄天物。芝兰生幽谷，芬芳更胜他处。夫人隐于珠帘之内，春日只有庭院里的莺声作陪，秋日只有山间的月光做伴，除此之外概无人影来访。如果有人知道了这一切，即使不似秀吉公般饱受相思之苦，任谁都会为之烦恼吧。世间种种，皆为命运。

彼时的夫人，似乎在等待着自己的第二个春天，然而过去的痛苦与悔恨亦是不能彻底忘怀的吧。之所以这么说，是因为有一天我一边给夫人按摩一边陪她说话时，夫人不知起了什么兴，竟然跟我讲起了一段令人意外的往事。这件事情，我只听了这一回，此前此后都没有听说过。那天夫人心情格外好，先是回忆了在小谷城时的事情，长政公的事情，以及其他一些陈年旧事。顺便聊到了当年信长公与长政公在佐和山城初见时的事情。

那时夫人刚完婚不久，大约在永禄年间。当时佐和山是长政公的地界，信长公从美浓国过来，长政公到折针岭①迎接，将信长公迎入城内。初次见面，一

---

① 位于今滋贺县彦根市。

番寒暄之后，长政公尽善尽美地款待了信长公。翌日，信长公道："天下大事当前，何须迎来送往浪费时间？今日容我借贵城尽主人之谊回礼。"便在同处设宴招待了长政公和老大人，并赠一文字宗吉^①长刀和许多金银财宝，恩泽惠及众家臣。长政公则将祖传的备前兼光^②长刀、藤原定家^③在藤川所作的近江名胜诗集，还有月毛驹、近江棉等各色贵重物品回赠。连随从们也都赠送了荒波的长刀和短刀。夫人与兄长也许久未见了，特意从小谷城赶来见面，信长公更是大喜过望，将浅井家的老臣们也都请来，道："诸位都听好了，既然诸位的主公备前守已与我结为姻亲，就让我们两家的旗帜在全日本飘扬。各位若肯粉身碎骨尽忠，我也将提拔各位至藩国领主。"白日里众人饮酒享宴，晚上兄妹三人入内院亲密交谈，如此逗留

① 一文字宗吉，古日本名刀。由一文字派（日本顶级刀工流派）的刀匠宗吉打造。
② 备前兼光，古日本名刀。由备前长船派（日本顶级刀工流派）的刀匠兼光打造。
③ 藤原定家（1162—1241），著名和歌诗人，编撰《新古今和歌集》等。

了十日左右。这期间宴席上的佳肴，有佐和山下湖里撒大网捕来的鲤鱼、鲫鱼等各种湖鱼，令信长公爱不释口。信长公道："这些特产在美浓国难得一见，我回去之时要带一些作为礼物。"回去前一天，长政公又设宴送别，信长公一行圆满顺利地离开了。

"那时内大臣大人 ① 和德胜寺殿大人 ② 看起来关系真的很好，每天都是笑容满面。我也多么开心啊。"夫人将往事与我一一细说，又道："回想起来，那十天是我最幸福的时候。不过人的一生原本也没有多少快乐日子。"那时候别说夫人，连家臣们也都在祝贺两家千秋万代永世交好，谁都没料到后来会失和。不过长政公将兼光宝刀相赠之后招来了一些非议。有人说该刀是先祖亮政公珍藏之物，无论何等重要场合，都不应该将祖传宝刀赠予别家，长政公做出这种事情，就是浅井家将被织田家消灭的征兆。不过这些都是歪理邪说。长政公将如此珍贵之物相赠，也是因为格外重视夫人和内兄吧。说浅井家因此灭门，无非一

---

① 指织田信长。

② 指浅井长政。

些不懂装懂之人在事后穿凿附会罢了。我如此宽慰夫人，夫人也点头道："你说得对。"

夫人道："内兄和妹婿之间，谈什么消灭被消灭的呢？内大臣大人只带着少数侍卫，从美浓国长途跋涉来到这不知是敌是友的地方，殊为不易。德胜寺殿大人体谅到这一点，送这份礼物，也是出于他一向的气派。"又道："不过，众家臣之中也有居心叵测者。有个似乎叫作远藤喜右卫门尉之人，在我们回小谷城之时，从后面骑马追来，瞒着我悄悄对大人耳语说，织田大人今晚住在柏原，应该趁这个好时机把他干掉。大人笑他是个愚蠢的家伙，并未同意。"

那时长政公送信长公至折针岭，分别后又派远藤喜右卫门尉、浅井缝殿助、中岛九郎次郎等三人一路护送信长公至柏原。信长公到柏原后住进常菩提院的旅舍，说这里是长政的领地完全可以放心，让骑马的武士们住到街上，仅留了贴身随从和值勤之人在身旁。远藤大人见此情形便快马加鞭赶回小谷城，避开众人向长政公禀报。远藤大人道："在下仔细观察信长公仪容举止，其遇事机敏如猿猴攀枝，明辨道理如镜中看影，将来定是个可怕的大将，与大人您必难相容。今夜信长公毫无戒备，住处仅有十四五人侍奉。总之趁现在把他干掉才是上策。大人速速下定决心，派兵出击，把织田大人主从一行全部干掉，然后直捣岐阜，浓州、尾州顷刻到手。再趁此势头赶走江南的佐佐木，悬旗京都，讨伐三好氏①，即可号令天下。"

远藤大人一再苦劝，然而长政公却道："但凡武将，都有自己的原则，诡计固然可以杀人，但是将信任自己而来的人骗杀，非武士之道。如今信长放下戒心至我领内，我却趁其不备将其杀灭，即使能得一时之利，终将受到天谴。如果我想杀他，在佐和山的这段时间早就杀了，我不屑于做此等不义之事。"长政公无论如何都不为所动。远藤大人道："既如此，我也无可奈何，但大人将来必定后悔。"便返回了柏原，若无其事地继续招待信长公，翌日将信长公平安护送至关原。

夫人将这段经过详细说与我听，道："然而现在想来，远藤所言也不无道理。"她的声音忽然发抖，

---

① 战国枭雄三好长庆（1522—1564），一族曾控制京都地区，后为织田信长驱逐。

语调与平常极为不同地说出了如下一番令我感到惊吓的话："一方讲忠义，另一方却不讲，有何用？为了夺取天下，竟要做出这等牲畜不如的行径来？"

夫人自言自语般说完这句话后便忍着气不说话了。我察觉不对劲，停下正在揉肩的手，不由自主跪下道："恕小人僭越，夫人苦衷，小人明白。"

夫人佯装无事道："你辛苦了。下去吧。"

我赶紧退下，离开之时隔着纸拉门便已听到啜泣着吸鼻子的声音。夫人明明刚才心情还很好，不知为何忽然变了情绪，讲出来这样一番话。也许一开始只是怀念过去，渐渐地投入过深，一些不愿想起的事情也都想起来了吧。夫人不是随随便便向仆从吐露心事之人，始终将情绪隐忍于内心深处，可能她自己也没料到会在这种时候说出来吧。想不到，在过了将近十年之后，夫人仍未将小谷城之事忘怀，还铭记得如此之深，对兄长信长公又憎恶到这个地步。我才知道，一个被夺去丈夫的妻子、被夺去儿子的母亲，她的仇恨是如此强烈。我感到既惶恐又害怕，身体直发抖。

在清洲时的回忆，此外还有不少，因为太烦琐就不赘述了。不如讲讲信长公遭遇不测后，阿市夫人再遇姻缘的始末吧。当然，信长公去世之事，不用我特意介绍，客官也都十分清楚。本能寺之变发生在天正十年壬午年六月二日。总之，人们做梦都没料到会发生这样的事情。而且信长公之子城介大人也被明智光秀的军队围困在二条的府邸里而切腹自尽。父子一同死去，消息传出，天下震惊。彼时信长公次子北畠中将大人①在势州，三子三七大人②与丹羽五郎左卫门大人在泉州堺港，柴田大人和羽柴大人等都远征在外。留守在安土城里的只有蒲生右兵卫大夫大人，带着薄弱的兵力守护信长公夫人和侍女们。侍卫们来不及给马上鞍就策马奔驰到城下各处发通知，他们大声喊着"不要乱，不要乱"安抚民众。但是街上的人们都以为明智光秀马上就要攻来了，又是哭又是喊，惊慌不已。右兵卫大夫大人一开始打算闭守安土城，但或许是见此混乱情形后心中没底了，连忙改了主意，带着信长公夫人和女官们提前撤离至他自己家所在的

① 指织田信雄。
② 指织田信孝。

日野谷城。那是在三日卯时的事情。五日一早明智光秀就到了安土城，轻轻松松拿下城堡，将没来得及带走的大量器物和金银财宝全部据为己有，据说也给他的手下分了不少。安土城变成这个样子，岐阜和清洲上下乱成了一锅粥，大家都担心明智光秀马上就要打来。正在此时，前田玄以斋大人带着城介大人的夫人和公子从岐阜城逃来清洲避难了。这位公子即信长公嫡孙，后来的中纳言大人，当时还只有三岁，乳名唤作三法师，原本和母亲一起住在稻叶山城。城介大人自尽前曾留遗言给玄以斋大人说，他的妻儿留在岐阜很危险，要赶紧带他们逃到清洲去。玄以斋大人当即逃离京都赶至岐阜，亲自抱着公子逃来此处。

不久，明智大军攻陷佐和山、长滨诸城，横扫江州一带，紧逼蒲生大人所在的日野城。北畠中将为了救援，从势州出发攻至近江路，由于途中到处发生暴动，难以行进，一时不知事态如何发展。然而不久三七信孝公和五郎左卫门尉大人的军队奔赴大坂，打败了明智光秀的女婿织田七兵卫。明智光秀听闻此消息后，把日野交给明智弥平次，自己于十日返回了坂本。十三日山崎①之战打响，十四日秀吉公就已经来到三井寺阵地，将明智光秀的首级和尸体拼合，在粟田口处以磔刑。这场胜仗赫赫有名。这场战斗是三七大人、五郎左卫门大人、池田纪伊守大人等多人与秀吉公联手打赢的。然而其中秀吉公的表现最为突出。他迅速处理了与毛利军的争端，十一日早上便抵达了尼崎，其行动之迅捷简直赛过鬼神。据说一开始明智光秀在山崎结营时还完全不知情，等到秀吉公到达阵地时才慌慌张张赶紧整顿军队。在这种局势中，秀吉公自然而然地成了总指挥，并迅速打赢了战争，一时间威望如日中天，一门之中无人能与之争锋。

清洲城里也陆续收到了前方来的消息，眼下总算能放心了，大家都很高兴。不久那些受过恩惠的大小领主都上门来拜访了。当时安土城已经被明智的残部放火烧毁了，岐阜已经没什么人在了，清洲毕竟是老主城，加上三法师公子也在这里，所以大家就先来这边拜访了。特别是修理亮胜家公在越中方面听说本

---

① 位于今京都府长冈京市。

能寺生变后，便与景胜公和解，紧急调兵前往京都报仇，到柳濑①时便已获悉明智战死，于是直接就来这边了。另外还有北畠信雄公、三七信孝公、丹羽五郎左卫门尉大人、池田纪伊守大人父子、蜂屋出羽守大人、筒井顺庆大人等，在十六七日前便已齐聚于此了。秀吉公在京都料理完亡君后事，回了自己的主城长滨一趟，不久后也来到此处。信长公在世之时，将主城从清洲迁至岐阜，又从岐阜迁至安土，很少再回清洲。这里沉寂了很长时间，很久没有如此多的家臣济济一堂了。而且像柴田大人这般与先主一同经历过千辛万苦的旧臣们，现在个个都是一城一国之主，有的还坐拥数国。他们满身绫罗，前拥后簇地络绎而来，城堡之下霎时变得拥挤不堪，肃穆的宅邸似乎也拨云见日了。

至于城堡之内，十八日起众人便聚集于前厅议事。详细情形我不太清楚，据说是讨论亡君继承之事和属地分封之事。议论纷纭，难以定论，每日聚集至

①　位于今岐阜县岐阜市。

深夜，有时甚至唇枪舌剑地争吵。按理说三法师公子是嫡系正支，但他年纪太小，所以有人提议由北畠大人继承大统。众人各持己见，此事因而陷入僵局。不过最终还是由三法师公子继承主君之位。但胜家公和秀吉公从一开始就意见相左，在每件事情上都针锋相对。说起来，此番平乱，秀吉公的功劳最大，许多人私下里都倾向于秀吉公。然而胜家公作为织田家长老，除了信长公子嗣，就是位分最高之人，对满座之人自有一番威慑力。在分封领地一事上，胜家公独断专行，将丹波国分给秀吉公，自己则将秀吉公原本在江州长滨的六万石封地纳入囊中，加深了双方之间的仇恨。不过我认为这只是表面上的事情，真实的原因还在于两人都爱慕小谷城那位夫人，都想抱得美人归。

在此之前，胜家公每次到清洲都会来拜访夫人，殷勤问候。后来似乎秘密地拜托了三七大人代为说项。某日三七大人来到夫人处，劝夫人改嫁胜家公。夫人此前一直依赖于兄长，信长公在世之时虽对其颇有怨恨，事到如今又格外悲切，之前的仇恨已然忘却，一心为逝者念佛烧香。至于今后，自身倒是无所谓，但念及三位小姐的将来，到底该向谁寻求庇护，想必也是一筹莫展吧。听闻胜家公对自己一往深情，夫人也许生了些好感，即便并非如此，也不见得讨厌。然而夫人眼下还难以做出决断。一是想为德胜寺殿大人守节，二来如果以小谷大人遗孀的身份嫁给织田家的臣下，也有许多要考虑的地方。正在此时，秀吉公那边也表达了同样的意思。那边是由谁搭线呢，大概是北畠中将大人吧。北畠大人与三七大人同父异母，都是信长公之子，但关系并不好，一个拥护胜家公，一个支持秀吉公。此中详情我也不甚清楚，侍女们时不时说点悄悄话，我也只是无意中听到一些。不过我联想起自己当初的暗中揣摩并非胡乱臆测，秀吉公在小谷城时果然暗恋夫人。然而十年之间，于千军万马中驰骋，今日攻一城明日拔一堡，如此忙碌之中，秀吉公依然对夫人容颜念念不忘啊。若论过去有身份高低之别，但今日山崎之战一雪亡君耻，若时运相济将来或许还能问鼎天下。而现在，正是将心中思慕表明的时候。然而暂且不说秀吉公，铁骨铮铮如胜家公这般人物，心中竟然也藏着柔情，却是我没料到的。难道这并非仅仅出自于爱慕，而是三七大人和胜家公之间的合谋，因为他们早就看穿了秀吉公的心事，想要故意来阻挠？或许有几分这个意思吧。

不过，不管有没有阻挠，嫁给秀吉公都是说不通的。夫人听闻此事便道："藤吉郎是要将我纳为妾室吗？"言下之意甚是荒谬。原来秀吉公早就有一位叫作朝日夫人的正室了，如果再嫁过去，无论如何说视同正妻，都改不了妾室身份。而且自从信长公去世，夫人似乎把对兄长的仇恨转移到了秀吉公头上，攻陷小谷城时立下头功、夺走浅井大人全部领地的是藤吉郎，将万福丸少爷骗来杀死并悬首示众的也是藤吉郎。这一件件事情全是藤吉郎所为。况且以堂堂织田家的千金之身，嫁给一个一朝得势却出身不高、来历不明的暴发户做妾，何其荒唐。如果不能终生守寡，那么与秀吉公相比，当然是选择胜家公更好。因此，夫人虽然还未最终下定决心，但是城里已经隐隐约约地传开了。这也更加加深了秀吉公和胜家公之间的不和。对于胜家公而言，原本想给亡君报仇，却被秀吉公抢了功劳，心怀嫉妒。对于秀吉公而言，遭胜家公横刀夺爱，领地亦被抢，旧恨之上又添新仇。因此列座议事之时，互相都怀恨在心，一方说东，一方便要道西，双方怒目相对，争吵不休。上至信长公子嗣，下至各地领主纷纷成了柴田派和羽柴派。在这种情形下，议事期间，柴田三左卫门胜政大人悄悄将胜家公请至暗处，低声耳语道："趁现在把秀吉干掉吧。留着他对您不利。"胜家公不愧是个光明磊落之人，道："如今正是扶持幼主之时，同室操戈将为天下人耻笑。"并未同意。或许也因为这些缘故，秀吉公也提高了警惕，夜间频频如厕，在走廊碰到丹羽五郎左卫门尉大人，左卫门尉大人叫住秀吉公，道："如若志在天下，当斩杀胜家。"说了跟前面的柴田三左卫门胜政大人类似的话。秀吉公道："我何至于将他视作敌人。"也并未同意。不过久居于此亦无用，议事一结束，秀吉公便于半夜悄悄离开清洲，经美浓长松，回到长滨，一时无事。

之后三法师公子迁至安土，由长谷川丹波守大人和前田玄以斋大人守护，在其成人之前领受江州三十万石的封地。北畠中将大人居于清洲城，三七信孝公居于岐阜，各藩国领主们也都立下坚定的誓约后返回各地去了。夫人再婚之事也在当年秋末被定下来了。这桩婚事是三七大人做媒的，因此夫人从清洲出发，胜家公则从越前至岐阜迎接，在岐阜举办了婚礼，然后夫妇一道带着小姐们同赴北国。关于成婚前后之事，众说纷纭，谣言四起。不过我当时一路同行去了越前，所以大致情形还是知道的。当时盛传秀吉公听到夫人出嫁的消息后，说要让胜家公回不了越前，出兵长滨，埋伏在胜家公经过的路上。还是池田胜入斋大人从中斡旋，打消了秀吉公这个想法。但这都是世人的无稽之谈。此事起因于秀吉公养子羽柴秀胜公代父至岐阜城道喜，说："此番家父秀吉因故不能前来祝贺，之后会在柴田大人归国途中备上薄酒等待，以表庆贺。"胜家公也欣然应允赴秀吉公之宴。然而越前国方面忽然率兵赶来迎接，似乎有什么急事，然后胜家公派使者辞谢了秀胜公，于夜间紧急动身返往北国。秀吉公到底有没有什么阴谋就不得而知了，我所了解的仅限于此。

话说回来，夫人是怀着怎样的心情去北国的呢？

怎么说也是改嫁，无论婚礼如何隆重，总免不了有些失落。夫人当初嫁入浅井家时，也曾举办过华丽的仪式，谁知如今年过三十，历经种种磨难，最后带着三个孩子踏上了冰天雪地的越前之路。又是何等的因缘，连路线都跟上次是同一条驿道。由关原进入江北，不就见到了令人怀念的小谷城吗？然而上次是在永禄十一年辰年的春天，这次却是在经过了十五六年的光阴之后，虽说是秋天，但在北国已然凛凛寒冬。此番出行是在夜间匆忙动身，毫无排场可言，还有侍女们听信捕风捉影的谣传，说秀吉公的军队会在半路上抓夫人。不止如此，路途亦十分艰难。此时正逢伊吹山方向刮来阵阵刺骨寒风，越往前走越冷，到木之本、柳濑一带更是下起了雨夹雪，在险阻的山路上，人和马的呼吸都几乎被冻住了。在这种情况下，可想而知小姐们和贵人们是多么担惊受怕。我眼瞎看不见，旅途之中格外艰难，但是比起自己，我更担心在这冰天雪地里跋涉崇山峻岭去到陌生国度的夫人之前程。唯愿夫妇和睦，家运永昌，白头偕老。不过幸运的是，胜家公出乎意外地温柔体贴，不忘记夫人是故主的妹妹，极为珍视。又因为横刀夺爱来之不易，宠爱更甚。到了北庄城后，夫人也渐渐地打开了心房，欣然接受了胜家公的一片深情。虽然外面天寒地冻，室内却温暖如春，下人们十年来凝结在眉宇间的忧愁终于解开了，大家都觉得这门亲事看来是结对了。谁能料到这一切不过昙花一现，当年就会发生战争。

最初胜家公想将此前发生之事皆付诸流水，与秀吉公重新修好，于是成婚不久即派后来成为加贺大纳言大人的利家公^①、不破彦三大人、金森五郎八大人，以及自己的养子伊贺守大人作为使者去大坂，转告秀吉公："若同门内讧，有愧故主灵位，愿今后和睦相处。"秀吉公似乎也非常高兴，道："在下所感亦同。有劳使者特意前来，不胜惶恐。修理亮大人乃信长公老臣，在下如何能违背？今后万事悉听尊意。"一番回复机敏周到，又盛情款待了使者。听说此事后，大人们自不必说，连我们下人都松了一口气，觉得今后再没什么可担心的了，夫人再也不会出什么差错了。

---

① 前田利家（1538—1599），战国时代武将。

然而不到一个月，秀吉公便率骑兵数万出征江北，远远地包围了长滨城。

有人说这其中另有隐情，秀吉公其实是将计就计钻了北庄城的空子。为什么这么说呢，因为北国冬天雪太深，无法行军打仗，所以据说胜家公和岐阜的三七大人提前合谋，眼下先装出和好的样子，待来年春天冰雪消融，胜家公就和三七大人一同攻入大坂。真相究竟如何，我也不知。不过当时困守长滨城的是胜家公的养子伊贺守大人，他素日里便对胜家公含恨在心，所以很快就投靠了羽柴大人，开城投降了。大坂军便如潮水般闯入美浓国，进攻岐阜城。急报如雪片纷纷，频频传至北庄，在十一月的数九隆冬时节，外面白雪皑皑，胜家公含恨望天，道："我居然被死猴子给骗了吗？如果没有这大雪，凭我的武略，不费吹灰之力就能打败大坂军。"他狠狠地踹着庭院里的雪，恨得咬牙切齿，使得夫人分外担忧，近旁之人则恐惧得直颤抖。不久，羽柴大人的军队势如破竹，攻下了大半个美浓国，仅用了十五六日的光景便将岐阜围剿成了一座孤城。三七大人不得已派丹羽大人出去投降。毕竟是故主之子，秀吉公也网开一面道："那就请老夫人做人质吧。"便将三七大人之母送至安土城，奏着凯歌回大坂去了。

转眼天正十年已尽，新年到来，然而北国依旧寒气逼人，冰雪完全没有解封之意，胜家公一会儿骂道："这泼猴。"一会儿又骂道："这可恶的雪。"将雪视为仇敌，焦躁不已。新年的庆祝仪式也只是走走过场，没有真正的喜庆之感。秀吉公方面似乎想趁此大雪期间消灭柴田大人麾下众领主，新年一过便再次率大军出征势州，攻陷了泷川左近将监大人的城池，关于战事的消息又频繁传来。眼下北国虽然平静，一旦冰雪消融，便无可避免地要与大坂军一战，因此城内加紧做起了准备，每个人都惶惶不安。在这种情况下我却完全帮不上什么忙，闲得发慌，灰溜溜地缩在火炉旁。即便如此，我还是日夜为夫人感到心痛。事到如今，夫人也无暇与大人安心心地交谈了吧。好不容易才平静下来的日子，早知如此，或许留在清洲更好。这场战争，胜家公要是赢了自然好，就怕这座城堡变成修罗场，小谷城的悲剧再次重现。怀着这种担忧的人不只是我，侍女们碰到一块时也都在这么说，说完又互相安慰："大人怎么会输呢，我们就不要在这里杞人忧天了。"

就在此期间，某一天京极高次公逃来北庄投靠夫人了。过去在清洲时，高次公尚未成年，不知不觉间已经是个仪表堂堂的男子汉了。如果世道未变，高次公此时应该已经成为一名独当一面的大将了。然而他背叛了信长公之恩情，加入了叛党明智光秀一伙，成了天地不容的大罪人。秀吉公严厉通缉，高次公在近江国东躲西藏，如今江北大乱，眼看就无处容身了，所以才想到躲来舅母这边吧。高次公仅带着一两名随从，披蓑戴笠掩饰身份，在大雪之中穿山越岭逃来，据说到达城堡之时已经消瘦落魄得不成人样了。高次公来到夫人跟前，道："实在冒昧，让舅母包庇我这个逃罪之人。是生是死，全凭舅母发落。"夫人痛心地看着高次公的模样，道："你真是作孽啊！"然后再无一言，只是流泪。然而后来也不知是如何在胜家公面前斡旋的，毫无疑问夫人肯定是替他说情了。虽然是明智残党，但念在他如今是被秀吉公追赶来的，胜家公大概也生了些怜悯之心，道："那就姑且饶过吧。"便让他住在城里了。

高次公与阿初小姐秘密成亲也是这一时期的事情。我从一个侍女那里听来这么一桩趣事，也不知是真是假。据说高次公原本看中的是阿茶茶小姐，但是阿茶茶小姐嫌弃他，说："我不嫁给流浪武士。"所以高次公不得已娶了阿初小姐。说起来，阿茶茶小姐自小便心高气傲，又几乎是由母亲一手带大，骄纵惯了，说出来这样的话也不是没可能。高次公受了"流浪武士"之辱，心中想必极为懊恼吧。后来他在关原之战中叛变，倒向关东军，是否就是因为无法忘记此时所受的侮辱，对淀夫人①怀恨在心呢？这可能是我的胡乱猜疑，不过我觉得高次公之所以逃来北庄，与其说是投奔舅母而来，莫如说是追随在清洲一见钟情的阿茶茶小姐而来。若非如此，明明自己的亲妹妹嫁给太守武田大人，住在若狭，高次公却为何要跑到越前来呢？这边的夫人虽是舅母，但与高次公毕竟没有

① 阿茶茶小姐即未来的淀夫人。

血缘关系，尤其现在夫人已经改嫁。作为明智的余孽来投奔柴田大人不仅完全说不通，搞不好还会被砍头示众。冒着这样的危险，穿过风雪逃来这里，只是因为思慕青梅竹马的阿茶茶小姐而不顾性命吧。然而说来可笑，高次公如此一番苦心竟落了空。他原本无心娶阿初小姐，只是迫于当时情境而为之吧。当然，这个时候还只是定下婚约，仪式也不过是家人之间喝杯喜酒而已。

此时大约正月末二月初，世道纷乱之中难得有这样的大喜事。那时佐久间玄蕃[①]大人已经作为胜家公的先锋，率兵两万余骑，踏着皑皑白雪向江北进攻了。秀吉公从伊势大营赶至长滨，翌日一早便乔装成步卒，带着约莫十名老将爬到山上，对柴田军队的据点仔细地逐一观察，道："看这样子，要打败他们不容易。我们只能尽量坚固城防，耐心作战。"于是严阵以待，并未急于进攻。双方对峙间三月已过，四月到来，胜家公要往柳濑方向出征了。北国也到了樱花

———————————

① 佐久间盛政（1554—1583），官职为玄蕃允。柴田胜家的外甥。

飘落、春意阑珊的时节。自夫人嫁过来，这还是胜家公第一次出征，夫人格外用心地备下了鲍鱼干片、栗子干、海带等菜肴，在主殿为大人饯行。胜家公心情愉快地饮完酒，道："我必将一战败敌，取藤吉郎首级，月内将王旗插入京城。你就等着我的捷报吧。"说罢起身走向中门，夫人亦送行至彼处。然而当大人以弓为杖顶了一下门边，正欲上马之时，马忽然嘶鸣起来，夫人的脸色一下子就变了。

不过据说此时岐阜的三七大人再次与大坂为敌，做了柴田大人的内应，不久大和的筒井顺庆大人也做好了叛变秀吉公的准备。虽说秀吉公足智多谋，但胜家公更以武勇闻名。尤其是作为织田家的长老，也令各地领主们服气，麾下有利家公、佐久间、原、不破、金森等可靠的盟军。谁能想到竟会输得一败涂地呢？柳濑、贱岳[①]之战的始末，连三岁小儿都知晓，我也无须再多费口舌了。令人遗憾不已的是玄蕃大人的粗心大意。如果当时他听从胜家公之言赶紧撤退、

---

① 位于滋贺县长滨市，以此山为界，将琵琶湖与余吴湖分开。

巩固防备的话，不久顺庆大人的军队就能攻来，美浓的盟军亦可从后方出击。如此一来，这场战争的结局还未可知。然而胜家公从大本营七次派遣高级使者，力劝玄蕃大人，玄蕃大人却道"舅父大人已年老昏聩"，完全听不进去，泱泱大军就此溃败。话虽如此，胜家公所在的大本营与玄蕃大人的据点之间，就算是绕道而行也不过五六里地，径直前往就只有一里地。据说胜家公非常生气，既如此，为何不亲自跑一趟，将玄蕃大人拉回来呢？这实在不像他往日杀伐果断的秉性。年老昏聩倒不至于，但是娶了美貌的夫人后果然有些意志松懈了吗？此事太令人遗憾，连我都无意中骂出这样的话来了。

北庄于阴历四月二十日收到佐久间玄蕃大人攻下敌军据点，取得中川濑兵卫尉大人首级的消息，大家都分外欢喜，觉得是个好兆头。然而当日深夜，从江北方面的美浓路延伸而来的沿海道路及重峦叠嶂间的山路上，突然出现了熊熊火把，照亮夜空，衬得二十日的月光都黯然失色。火把数目越来越多，如同举行万灯会，似乎是秀吉公连夜从大垣①调转马头而来。二十一日破晓时分，余吴湖对岸忽然骚乱起来，信使来报称玄蕃大人的部队陷入了危险。送信的人到来是在同日未时过后，之后很快就有败兵零零星星地逃回来，称我军战败，大人时运已尽。事出突然，城内众人大惊失色，心想怎么会这样呢？结果当日傍晚胜家公狼狈地回城来了，召集柴田弥右卫门尉大人、小岛若狭守大人、中村文荷斋大人、德庵大人等，道："玄蕃盛政②不听我的命令以致犯错。我一世英名尽毁。此乃前世注定吧。"此时胜家公心中已经做好决断，冷静下来了。

有人问起胜家公的儿子权六大人现下如何。答曰混战之中生死未卜。胜家公自身也差点战死于柳濑，还是毛受胜介大人极力劝阻："但请回到城内从容自尽，这里交给我来处理。"胜家公道："那就拜托你了。"遂将主将的五币旗③交给胜介大人，然后到

---

① 近岐阜县大垣市。

② 即前文中的佐久间玄蕃，本名为佐久间盛政。

③ 柴田家的军旗。

利家公所在的府中城^①里吃了碗开水泡饭，便赶回北庄了。利家公道："我陪您同去。"便随胜家公一同出来。胜家公固辞，中途便让利家公折返了。不久又将利家公唤回道："你与我不同，你从前便与筑前守^②交好，你对我的盟誓现在已经履行完成。今后与筑前和睦相处，保领地平安为佳。你如此尽心费力，胜家欣慰至极。"两人欣然道别。这是二十一日傍晚的事情。翌日二十二日，大阪军以堀久太郎为先锋大举进犯北庄，不久秀吉公也到了，在爱宕山上指挥诸军，将城堡围得水泄不通。

此时城内众人都已经在心中做好了末日的准备，见此情形也都毫不慌乱。胜家公于前日晚召集众家臣，道："我打算在此城迎敌，战斗之后剖腹自尽，尔等若愿意，可与我一同留守此处，但诸位之中定有父母尚在世之人，亦有妻儿在家之人，但请退回，无须顾虑。我不希望有任何一个无辜之人死去。"胜家公遣散了想离开的人，释放了所有人质，城中仅剩下

---

① 前田利家所在的居城，位于今福井县越前市。
② 指丰臣秀吉。

极少兵力，但这些人都是重视名节胜过生命之人。

弥右卫门尉大人、若狭守大人等大名鼎鼎的武士自不必说，若狭守大人的独子新五郎大人年方十八，本因生病卧床在家，却坐着轿子赶来城中，在城门上写下："小岛若狭守之男新五郎，时年十八，因病未能出征柳濑，今日守城，以全忠孝。"

还有更年轻的佐久间十藏大人，当时才十五岁。因是利家公的女婿，年纪又还小，家臣劝他："既然岳父在府中城，就悄悄地去那边吧。何必困在此地受苦。"十藏大人答道："不，我自小养育在这里，又蒙赐莫大的领地，此恩情为其一。如果不是利家之姻亲，我或许还能以为母尽孝之由活下去，但是攀附岳父来苟存性命实在卑怯，此为其二。如若玷污姓氏，我将愧对先祖，此为其三。这三个道理便是我守城的原因。"十藏大人一番回答，已然做好了战死的准备。

此外，守城长官松浦九兵卫尉大人是法华宗信徒，给一位高僧盖了座小庙供其居住，这位高僧听闻松浦大人要守城，便道："施主与贫僧现世因缘深厚，贫僧愿来世亦能与施主同行，以报恩谢德。"说罢不听松浦大人劝阻，也一同进入了城内。

还有一个叫作玄久的人，是个卖豆腐的。曾是胜家公小时候的朋友，在一次战斗中负了重伤，对胜家公说："此身已无法为主公效力，请恩准属下告退，辞去武士身份，今后做一名普通百姓。"胜家公道："哦，那你就去卖豆腐吧。"于是胜家公每年发给玄久一百袋大豆。此次玄久也说要随同左右，来世再为胜家公做豆腐，特意从街上跑来城里。另外还有舞班的若太夫大人、山口一露斋大人、执掌文书的上坂大炊助大人，这些人也都留下来了。

也有些贪生怕死之人。比如德庵大人，是柴田大人麾下的一名僧武士，原本与文荷斋大人齐名于世。据说他偷偷带着利家公的人质逃出了城，去府中寻求投靠，却遭利家公冷眼相待，说他是个"不忠不义之人"，没让他接近。也不知这个人后来怎么样了。世人都看不起他，有人称见过他落魄不堪地在京城街头流浪。

话说回来，那日村上六左卫门尉大人正穿着白寿衣守在城里，忽然接到胜家公的命令，要他带着胜家公的姐姐末森夫人和她女儿撤退。村上大人道:"此事请交给其他人吧。"胜家公道:"不行,这件事得拜托你。这何尝不是忠义之举。"无奈,村上大人只好带着两位贵人逃至竹田的老家。但是二十四日申时看到天守阁起火冒烟后,村上大人便与两位贵人一道自尽了。我所记得的事情就这些了。这些人物当时都曾受到盛赞,客官想必也知道吧。他们都是流芳百世的可敬可佩之人。

啊,您问我怎么样了?我虽然做不出那些英雄豪杰的壮举,但是这条命在当年被困小谷城时就已经舍弃,如今苟活到现在,对这个世间也没有什么留恋了,所以这次也留守城内。不过说实在的,我还不知道夫人会如何,总得先看她的结果再说。这么说来似乎显得有些卑鄙,但是夫人嫁过来连一年都不到啊。在小谷城时,与长政公结婚六年,最后还是因为孩子与长政公分别了,所以这次也未必不会发生同样的事情吧。不过胜家公难道没有跟夫人提过这事吗?虽说夫妇二人缘分短暂,但胜家公连敌人的人质都能释放,却当真要将对自己有大恩之故主的妹妹和外甥女们带往死路吗？或者是出于意气用事，不愿将心爱的夫人交给秀吉公？胜家公这等人物，到了这种时候，不应当如此懦弱，应该很快就会说些什么了吧。我之所以这么想，倒不是希望自己能得救，只不过因为我早就想好了，自己的生死全看夫人之命运。

敌军从二十二日早晨第一声鸡鸣开始大举进攻，城堡之下的街坊、马路，到处都烧起来了，浓烟滚滚，遮天蔽日。据说从城堡上眺望四方，唯有烟雾缭绕，什么都看不见。大坂军则借着这阴霾掩护，一个个屏声静气地拿着竹盾、草盾、木板等悄悄袭近，等到天色稍微发亮的时候，他们已经如蚂蚁般密密麻麻地爬至城壕边了。城内不停地开枪，尽管打死一批敌人后又有新的士兵涌上来替换，但城内拼命抵御，防守严固，看这情形一时半会攻不破。当日两方各有伤亡，一时歇火。翌日二十三日拂晓，敌军阵营里忽然战鼓停息，安静下来。这边正纳闷不解之时，城壕对面出来了五六个骑马的武士大声喊道："令公子柴田权六大人及佐久间玄蕃大人，已于昨夜生擒，真是可怜啊。"城中众人听闻此言，一时纷纷泄气，之后就只是敷衍潦草地守着城门，枪也不好好打了。

我当时还在心中暗暗地期待着，秀吉公应该很快就会派个使者之类的前来吧。如果他仍然惦记着夫人的话，一定会派个什么人来吧。不久，果然有斡旋的人来了。充当使者的人叫什么名字我忘记了，只记得并非武士，而是一名高僧。那高僧带来秀吉公口信道："筑前守自去年以来，不得已与柴田大人交战，蒙武运眷顾，攻至此处。然回首昔日，同在总见院① 大人手下共事，乃朋辈之交，故从未想过要取柴田大人性命。冒昧劝修理亮大人，胜败乃兵家常事，就将一切看作命运，让过往恩怨都付诸流水吧。交出此城，退往高野山下如何？筑前守愿奉上三万石的领地，荫蔽大人此生。"然而，秀吉公所言是出自真心吗？这是秀吉公为了活捉阿市夫人而出的绝招吧。不光我们这么想，据说敌军营中也是这么传的。因此这个使者说的话没有人相信。胜家公更是对这个高僧大发雷霆道："叫老子投降，真是恬不知耻。"又

---

① 指织田信长。

道："胜败乃一时之运数，这道理谁都懂，还轮得着他来教我吗？如果老天爷开眼，我要让这死猴子走投无路，叫他切腹自尽。只恨佐久间玄蕃不听我命令，输了贱岳之战，让死猴子捡了便宜。如今我只愿在天守阁点火自尽，为后人作范。城中自有十余年来储藏的火药，一旦燃烧起来，恐有大量死亡。请你们撤远点吧。我也不愿做无谓的杀生。你回去之后务必将此话转告秀吉。"说完便快步起身离开了。使者也无可奈何地落荒而逃。我听闻此言，心中仅存的一丝希望也破灭了，又是怨恨又是悲哀。如此一来，可怜的夫人就必定殒命于此了。既如此，我愿陪夫人同赴三生河，永远待在她身边。希望来世做个眼明之人，能一睹夫人芳容。对于我而言，这才是真如之月①。如此死心断念，竟是一种善缘，反而让我觉得死亡更好了。

沦落至此，胜家公也颇感悔恨，但事到如今，多说亦无益，便道："总之今夜畅怀大饮，明日天亮便

---

① 佛教用语，比喻由于体悟真如，而从一切迷惑中解脱出来，如明月照亮暗夜。

随朝霞同去吧。"他命人做了种种准备，在天守阁及各处堆积起山一般的干草，就等着最后关头点火了。又下令将所有的名酒佳酿全部搬出来。忙碌准备之间天色已黑，敌军阵营也看出了城中的赴死决心，包围圈渐渐放松了，退到了很远的后方。胜家公道："咦，敌人的篝火远了。秀吉还真是明白了我的想法。"胜家公的声音格外沉着冷静，不似往日，听来令人肃然起敬。酒宴大概是从傍晚酉时开始的吧。大人们自不必说，城楼各守卫处也都送去了酒桶。胜家公命令厨房极尽奢侈地做出了无数珍馐美馔，众人在各处尽情推杯换盏。胜家公居于城内大堂上座的皮毛坐垫上，夫人并坐于旁，小姐们紧挨于侧。往下是文荷斋大人、若狭守大人、弥右卫门尉大人等大名鼎鼎的武将们。胜家公先是向夫人敬酒。他命令在内院侍奉之人全部前来，蒙此恩泽，下人们及我都得以前来作陪，恭候于旁。每个人都知道今晚是最后一夜了。胜家公大人及各位武士都穿着鲜艳华丽的铠甲礼服，佩带的长刀和兵器一件比一件气派，威严无比。女眷们也唯独今日竞相盛装打扮，其中夫人的妆容尤胜平常，胭脂、香粉、发油都比往日浓。洁白的肌肤贴身穿着白绫小袖和服，配上厚织鎏金束带，外披产自中国的金银五彩织花绸缎礼服。胜家公敬酒一巡，道："光喝酒没兴致。明日便将与这浮世作别，闷闷不乐的话要被敌人耻笑了。现在开始彻夜欢娱，让敌人大开眼界吧。"胜家公刚一说完，远处的城楼上便传来了梆、梆、梆的敲鼓声。有人似乎跳起了舞，快活的歌声传了过来。歌中唱道：

生之艰难

明日便休

君若来见

入暮此时

送君千里

终须一别

唯有此酒

可慰我忧

"瞧，被那帮家伙抢先了。我们也不能落后。"胜家公说完，便带头唱起了敦盛①曲："人间五十年，天上一日间……"这首曲子从前为信长公所爱，尤其在桶狭间大战②时，信长公曾亲自唱起。打败今川大人后，这首曲子便成了织田家的祥瑞之兆。"人间五十年，天上一日间。如梦亦如幻，有生必有死。"如今胜家公朗朗唱诵，令人不由得怀念起故主在世之时的往事，嗟叹乱世之无常。在场的铮铮武士皆泪染铠甲。

之后文荷斋大人、一露斋大人各唱一曲，若太夫大人献上舞蹈，还有许多其他才艺高明之人上前表演。酒过数巡，众人纷纷展示自己的精湛技艺，将今晚当作最后一舞、最后一曲，尽情作乐。酒宴欢闹至深夜，无休无止。此时有人忽然唱起："梨花一枝春带雨，春带雨……"歌喉美妙，令满座之人不由得静

————————

① 日本传统戏剧——能剧中的名篇。
② 日本历史上有名的战役。1560年骏河国（今静冈县中部）的今川义元率大军侵犯尾张国，当时实力尚弱的织田信长在桶狭间（位于今爱知县）以少胜多击败今川。

下来聆听。原来是一位叫作朝露轩的僧武士在唱。这位大人多才多艺，琵琶、三味线都很擅长，我也早就仰慕于他。他的音调之精准婉转，我早有所闻，只是听这首杨贵妃的歌词："梨花一枝春带雨，春带雨，太液芙蓉未央柳，六宫粉黛无颜色，无颜色……"说的不正是夫人吗？当然朝露轩大人应该并无此意，只是在我听来，却正是歌颂夫人之美貌。啊，如此花容月貌，今夜一过就要香消玉殒了吗？到了此时此刻，我竟然又恋恋不舍了。此时朝露轩大人道："那边那位盲乐师会弹三味线吧。请夫人准许，让他弹上一曲如何？"胜家公马上招呼我道："弥市，不能推辞哦。"既如此，我还怎么推辞呢？这不是正中我意嘛。便赶紧拿起三味线，唱道："思君之泪长涕零……"这是我经常表演的小调。朝露轩大人道："这首曲子我虽然常听，但是盲师傅弹得太妙了，那么我也来弹一首吧。"便将三味线拿去，唱道："滋贺湖畔水涟涟，笑靥恰如月圆圆。"

　　我一边听一边想，这词句可真有意思呀。再仔细一听，发现好多地方加入了长长的间奏。这些间奏的丝弦音色，朝露轩大人弹得非常美丽，但是我忽然注意到，他在弹三味线时混入了重复弹奏的奇特手法。说起来，这是我们盲人三味线乐师都懂的手法。所有的三味线都是一根弦上十六个音位，三根弦加起来共有四十八个音。初学者在练习之时，会将这四十八个音位用"伊、吕、波……"四十八个日语字母来对应标记，并写下来背诵。学习三味线的人都懂这个方法。尤其是盲人乐师，因为看不见字母，都会在脑子里记住这些标记，一说到"伊"就能马上想到"伊"的音，说"吕"就能马上想到"吕"的音。因此，盲人乐师们若想在眼明之人跟前互相传悄悄话，便会用三味线弹出该音位，互通讯息。然而此时，我听到这奇怪的间奏居然在传达："若有方法救出夫人，必有重赏。"这是我心中的幻觉吗？为何此时有人说这种话？如果不是我幻听，那可能就是音节阴差阳错的偶然组合吧。我在心中反复琢磨之时，朝露轩大人又唱道："访君之路遇关守，关门严守如何走。"

这首歌的三味线与之前那首迥然不同，但是间奏里仍然夹杂着之前的手法。难道朝露轩大人竟是敌人的奸细？要不就是最近勾结上的？无论如何他是奉了秀吉公旨意，要将夫人交给他们。真是在意想不到的时候出现了意想不到的救兵。我心中忽然一阵激动，原来秀吉公仍未放弃，这是何等的深情啊。此时有人道："弥市，那位大人希望你再弹一曲。"将三味线又放到了我跟前。然而朝露轩大人为何要托付于我这么一个盲人乐师呢？难道我这份为夫人赴汤蹈火在所不辞的心意何时竟被他看穿了？这可真是难为情。不过我虽然眼瞎，却是这些侍女之中唯一的男人。而且比起眼明之人，我对于宅邸内的众多房间和走廊各处都熟悉得不能再熟悉，遇到紧急情况时，比老鼠跑得还快。仔细想来，朝露轩大人看得还真准。我苟活着这条毫无价值的性命，正是为了起到这样的作用。既然如此，那就尽量想办法营救夫人。若是没成功就同夫人一道化为灰烬。我迅速做好了盘算，不顾一切拿起了三味线唱道："心中思念君可知，泪染衣袖君可见。"

我一边唱歌，一边哆哆嗦嗦地用指尖按下琴弦，借着间奏用"伊吕波"之音答道："烟起为信，天守下见。"当然，满座之人仅仅只是沉迷于我的歌声和琴声里，完全不知我们两人之间传递了这样的话语。此时我已想到了一个救出夫人的方法。原本今夜的安排是，胜家公夫妇登至天守阁五楼，在那里平静地自尽，然后手下人将早已备好的干草点燃。我的想法是，在他们自尽之前找机会将火点燃，趁乱将朝露轩大人一伙带入天守阁，把夫妇二人拉开。

我是个盲人，而且生来就胆小至极，从不欺骗别人。然而现在却策划着帮助敌方间谍在城内纵火，还要将夫人偷救出去，这份心思连自己都觉得可怕。我暗自认定，这完全是出自于营救夫人之念想，归根结底也是忠义之举。纷纷扰扰之间，虽然众人仍旧依依不舍，但是初夏夜短，远处寺庙的晨钟已经敲响，院子里也传来了杜鹃鸟的啼鸣，夫人取来纸张，写下一首和歌：

夏夜原苦短

更添子规啼

声声催别离

戚戚莫如归

其后胜家公也挥笔写下：

夏夜何其短

人生如梦幻

子规声声啼

扬名至云川

文荷斋大人将这歌示于众人，道："在下也来赋一首吧。"便念道：

此生结因缘

极乐亦相随

来世当无改

忠义侍君侧

这首和歌可谓十分应景。之后众人返回各自的地方，准备切腹。侍女们和我随同主公夫妇来到天守阁。下人随同至四楼，小姐们和文荷斋大人跟随主公夫妇至五楼。我知道现在已到关键时刻，便悄悄跟至通往五楼的楼梯上，在那里凝神屏气地偷听楼上的情形。先是听到胜家公说："文荷，把那边全打开。"让文荷大人将四处的窗户全部打开。又道："啊，这风真舒服。"然后端坐在晨风吹拂的房间里，道："我们一家人再喝一杯告别酒吧。"便请文荷斋大人斟酒，与夫人、小姐们再次干杯。喝完酒后，胜家公唤了一声："阿市。"又道："你为我费心至今，我很高兴。倘若知道有今日，去年秋天就不应该成婚。不过现在说这些也没用了。我原本认为无论何时何地，夫妇二人都应该永远在一起，但是思来想去，你是总见院大人的妹妹，小姐们也是已故备前守大人的遗孤，还是应该活下去。武士固然万死不辞，但无须带上女人孩子。今日我若在此将你杀死，世人或许会说我逞一时之强，却忘了人情义理。所以，请你明辨事理，出城去吧。你或许感到意外，但我说这话确实是经过了慎重考虑。"

胜家公一番话出人意料。他心中想必肝肠寸断，声音里却没有丝毫含糊之处，非常清晰果断。不愧是个豪爽刚强的武将。我听闻此言，顿觉惭愧。虽然人们常说侠骨柔情真武士，但我竟不知主公是如此磊落之人，还在私下里抱怨他，简直是以小人之心度君子之腹。我感激涕零，不由得朝着胜家公说话的方向双手合十拜了一拜。

此时传来了夫人的声音："都到这个时候了，您还说这种话。"话未说完，便已哭倒在地。又接着道："即使总见院大人在世之时，我出嫁后便不再认为自己是织田家的人了。何况到今天，连个可以依靠的兄弟也没有了。如果大人抛弃我，我还能去何处呢？该死时不死，遭受的羞辱远胜于死，这种事情我已有亲身经历。所以，自去年与大人成婚，我便已下定决心，这次无论遇到何种情况，都决不与您分开。虽然姻缘短暂，但求夫妻同日死。百年相伴是一生，半年相随亦一生。如今您叫我离开，未免太残忍。唯有此事，请您无论如何要遂我心愿。"夫人似乎用衣袖捂着哭泣的脸庞，声音听来断断续续。

"可是，你就不怜悯这三位小姐吗？如果她们死了的话，浅井的血脉就断了。这对已故备前守太无情义了。"胜家公驳道。

"没想到您这么为浅井着想。"夫人哭得更厉害了，道："请让我与您同行。不过既然蒙您好意，那就请您救救这些孩子，让她们可以为父亲祈冥福，也能为我祭拜亡魂吧。"

此时阿茶茶小姐却道："不，不，母亲大人，请让我也一同去吧。"阿初小姐和小督小姐也分别从左右缠住夫人道："我也要。我也要。"四人抱团痛哭。回想起当初在小谷城时三位小姐年纪都还小，对于世间诸事都是懵懵懂懂的。而现在连最年幼的小督小姐都已经过了十岁，如今是劝也不好劝、哄也不好哄了。夫人一向极为坚强，如今看到心肝宝贝们的眼泪，唯有啜泣不已。说实在的，这十年来我还是第一次见到夫人如此慌乱的场面。然而时间在飞速流逝，我正想着这局面该如何收场的时候，文荷斋大人跪行上前，带着呵斥之意道："小姐们太不懂事了！"他插进夫人和小姐们中间，道："你们这样会动摇母亲大人的决心。"欲将夫人和小姐们强行隔开。

我听闻此情形，便明白虽然胜家公还没说什么，但我不能再犹豫了。便将堆在梯子下的干草抽出一把，用灯火点燃。此时四楼的房间里，侍女们正穿着寿衣齐声念经，谁都没有发现异常。我趁着这时机，把四处的干草垛都点燃，又将火种扔进各处门窗里。一边忍受着浓烟呛面，一边大声叫喊："失火啦！失火啦！"因为草都是干透了的草，五楼的窗户又大开着，风从下面直往上蹿，噼里啪啦的燃烧爆裂声听来骇人。侍女们不知该往何处逃，发出的尖叫哀号声混合着大火的咻咻声传来。浓烟之下有人喊："大人那边危险了！""小心奸细！"许多士兵冲了上来。朝露轩大人一伙和阻挡他们的人在大火中乱作一团，争先恐后地挤着窄窄的梯子往五楼爬。我也混在其中，一会儿被推到这边，一会儿又被挤向那边。热风将火舌子一阵阵地刮来，渐渐地连呼吸都感到困难了。我如同坠入了炎热地狱 ① 的痛苦深渊，但仍然坚定信念，要死就和夫人被烧死在同一场火里。这时我的手抓到了梯子。

---

① 佛教用语。佛教八大地狱之第六，即为炎热地狱。

"弥市，带这位下去。"不知谁喊了我一声，忽然将一位小姐放到我肩上。我马上察觉到背上是阿茶茶小姐，便赶紧问道："小姐、小姐，您母亲大人怎么样了？"我不停地喊着"小姐、小姐"，然而阿茶茶小姐已经被浓烟呛住，昏迷过去了，完全没有回应。我忽然想，刚才那位武士，为何不自己救小姐，而要托付给我这么一个盲人呢？大概这名武士想要追随大人尽忠，将此处视为自己的赴死之地了吧。这么一想，我也不能不顾夫人之生死而自行逃出去了。但是如果不救这个孩子，一定会被她母亲大人怨恨吧。黄泉之下若被夫人责问"弥市，你把我心爱的女儿扔到哪里去了"，那我可就百口莫辩了。如今背负小姐也称得上是一种特别的缘分。而且，最重要的是，当我背上浑身疲软的阿茶茶小姐，双手环绕到她臀部，抱紧她的一刹那，忽然感觉这娇嫩的身体像极了年轻时候的夫人，心中油然升起一股不可思议的怀念之情。眼下情况紧急，在这里迟疑不决的话有可能被烧死，为什么这种时候我的脑子里还会出现这样一些思绪呢？人啊，越是在意外之时，越生出奇怪的想法。说来有些难为情且惶恐，我想起自己刚去小谷城侍奉，第一次给夫人按摩时，夫人的手和脚完全如同现在的小姐这般紧致。然而那么美丽的夫人，不知不觉间也添了年岁。联想至此，当初在小谷城时的欢乐回忆，便绵绵不断地涌上心头。而且阿茶茶小姐轻柔的身体压在我的后背上，似乎让我也回到了十年前的年轻时候。这么说似乎有些恬不知耻，不过倘若我能侍奉这位小姐，便与待在夫人身边无异吧，这么一想忽然又对这个世间产生了留恋。我说了这么多，似乎是在此磨蹭了很长时间，实际上是在很短的时间里做的考虑。下定决心后我便高声喊着"背着小姐，让开让开"，迅速钻过浓烟。我是个瞎子，无须跟别人客气打招呼，只管推开、迈过别人的脑袋，拼命冲下楼。

不过逃生的并非我一人。许多人冒着纷飞的火星子逃跑，我也加入了他们的行列，被后面的人不断地推着往外跑。刚一过护城河桥，就听到后面传来"嘎啦、嘎啦、嘎啦"的可怕声响，毫无疑问，是天守阁倾倒的声音。我自顾自喊了一声："是天守阁垮了吧。"一个在旁边跑的人答道："是的，天上升起了一股火柱，一定是火药点燃了。"我问："不知道夫人和其他小姐们怎么样了。"答道："小姐们都无事，只是夫人可惜了。"详细情形我是后来得知的。不过当时我亦与那人一边并排跑，一边听他讲述。据说朝露轩大人最先冲上五楼，文荷斋大人立刻看穿了他的企图，道："叛徒，来做什么？"一下就把他杀了，从五楼的楼梯上踢了下去。其同伙见此状便气焰受挫，而这边的家臣们已经纷纷赶来了，所以这伙人非但没能抢走夫人，反而多数被砍倒烧死。此时三位小姐仍然紧缠着母亲，文荷斋大人不停地催促她们，将她们推往人群中，道："救下这几位小姐送至敌营，就是最大的尽忠。"在场之人便各自抱起一位小姐跑出去了。"所以大人和夫人应该是在火中自尽了吧。我没有看到最后。"那人道。我接着问："那么其他小姐在哪里呢？"那人答："应该是我们的人背着先过去了。你背的这位小姐是最固执的，到最后都抓着夫人的袖子不放，是强行把她抱起来放到谁背上去的，那个人又把她交给了你，自己跳进火里去了。我真是佩服这人，不过他好像不是我们的人。"

我还在想"我们的人"究竟是怎么回事，原来是大坂军为了夺取夫人，早已潜伏在天守阁附近，等朝露轩大人发信号。如今这么多人从这里逃跑出去，不是叛徒就是大坂军的人。那人又道："不过筑前守大人好不容易打了胜仗，一心欲得的夫人却死了，真是白费力气。朝露轩大人如此失策，在筑前守大人跟前也得不到好处。反正他也没活成。不过你带着这位小姐，还是有些面子的，所以我打算跟着你走。"那人说着，伸手过来要拽我的手。我早已疲劳不堪，但还是喘着气拼命奔跑，幸好此时敌军方面的步兵武官带着轿子来迎接了，我便先将小姐交给了他们。

"盲师傅，是你带来的吗？"武官道。

"是的。"我答道，将事情经过原原本本告知。

"好，那你跟着轿子一起走吧。"武官道。我便跟着他们穿过许多营房，来到主将大营。

阿茶茶小姐似乎已无大碍，稍作休息处理后，马上被秀吉公下令召见，与其他两位小姐一同被唤至秀吉公跟前。这也就罢了，连我也被叫去。我毕恭毕敬地跪拜于正厅外的地板上，此时忽然传来问话："喂，盲师傅，还记得我的声音吗？"

"诚惶诚恐，小人铭记于心。"我答道。

"是吗。真是好久没见了。"秀吉公道。又道："你虽然看不见，但今日所为值得嘉奖。你想要什么，尽管说。"

没想到在秀吉公跟前如此顺利，我宛如做梦，答道："大人一番好意，令小人不胜惶恐。小人多年深受夫人恩情，如今却离开夫人忝颜偷生，实该受罚，岂敢求赏。思及夫人今晨辞世，痛心不已。唯愿能继续蒙受怜悯侍奉小姐们，小人就感激不尽了。"

"这个愿望合情合理。准了。"秀吉公立刻应允。又道："虽然小谷夫人遭遇不幸，但是今后我会代替她照顾这几位小姐。不过没想到小姐们都长这么大了。记得从前让我抱在膝上调皮的，是阿茶茶小姐吧。"秀吉公说着，心情愉悦地笑了起来。

就这样，我幸运地免于流落街头，得以继续侍奉小姐们。不过老实说，我的一生至于此，天正十一年阴历四月二十四日，夫人去世之日，便也结束了。在小谷和清洲度过的那种快乐日子，之后再也没有了。

之所以这么说是因为，我在天守阁纵火、为叛徒指路的这些事情，似乎被小姐们知道了。她们渐渐地开始憎恨于我，有意无意地疏远了我。特别是阿茶茶小姐，有时会故意让我听到她说话："我本死不足惜，就是这个瞎子让我没死成，将我交到杀死父母的敌人手中。"所以我在她身边侍奉也如坐针毡。早知今日，当初就该一死。事到如今唯有叹命运无情无奈了。这原是我自食恶果，怨不得谁。然而当时苟且偷生，到今日也无颜再去追随夫人了，只得承受着众人的唾弃苟活。按摩也好，弹琴作陪也好，都被指派给了别人，我变得毫无用处了。这时小姐们已经被接到安土城，只因有秀吉公的吩咐，她们才勉勉强强地用着我。我知道了这个情况后，觉得硬攀着别人的慈悲度日也很难受，实在是忍不下去了，便于某日悄悄地不辞而别，逃也似的溜出城堡，开始了毫无方向的流浪生活。

对了，那一年我三十二岁。当然，彼时我若上京求见太阁殿下①，告知事情原委，或许能得到一生享

———————

① 指丰臣秀吉。

之不尽的俸禄。然而我决心承受这罪报，湮没于尘世间。自那时至今日，我辗转于各个驿站给客人们按摩腰腿，或是用粗糙的琴艺为他们排解旅途的无聊。三十余年世事变迁，我置身事外旁观。因缘果报，老天爷竟还没取走我的性命。

　　说起来，阿茶茶小姐当时那么恨太阁殿下，甚至说他是"杀死父母的仇人"，却在不久之后委身于这个仇人，入住淀城。不过我早在北庄城陷落之时，便想到过早晚会有这一天。据说当时秀吉公因为没能夺走阿市夫人，心情十分不悦，但是我来到秀吉公跟前时却意外地没见到他任何不高兴的神情，反而听了一番好话。这一切都是因为看到阿茶茶小姐后心情马上变好了。也就是说，我之前在大火中发觉的事情，秀吉公也同样感觉到了。看来，纵然是英雄豪杰，内心所想与我们凡夫俗子也没什么不同。只不过我因为一时之失，落得一生无法陪伴于小姐身旁。太阁殿下灭了她的父亲，杀了她的母亲，将她的兄弟悬首示众，不知何时却已将她纳入怀中。这段从母亲至女儿横跨两代的爱恋，从小谷城时起便暗藏于心的情思，终于如愿以偿。

到底是什么样的前世因缘，秀吉公恋上的都是跟信长公有血缘关系之人。据说除了这两位外，秀吉公还对蒲生飞骝守大人的夫人有过想法。这位夫人是总见院大人的女儿，小谷夫人的外甥女，据说也是长得像小谷夫人，所以其中大概有这个缘故吧。我也是听别人说的，前年飞骝守大人去世之时，太阁殿下曾派人去这位遗孀跟前传达心意。然而飞骝守遗孀完全无意于此，反而悲愤地落发为尼。此后蒲生大人一家被贬至宇都宫城，据说也是因为在这件事情上得罪了太阁殿下的原因。

这件事情就不提了，说回阿茶茶小姐，随着年龄增长，逐渐通晓事理。虽然臣服于太阁殿下的权威完全是因为大势所迫，但对她自己而言还是很有好处的。我一开始听说淀夫人就是浅井大人长女时，内心是多么高兴啊。她的母亲大人吃了那么多苦头，如今荣华富贵终于落到了孩子身上。我只希望这位夫人不会遭遇她母亲那样的变故，纵然我在这世间浑浑噩噩度日，心却始终侍奉于她身旁，为她祈祷。之后听闻小公子诞生，我总算放下心来，以为淀夫人从此将永远幸福。然而，客官也知道，庆长三年秋，太阁殿下薨逝，不久关原之战发生，世间再度风云变幻，淀夫人一日日地陷入悲惨境地，令人扼腕叹息。难道是嫁给父母的仇敌一事违背了亡母心愿，遭受了不孝之罪罚？母亲和女儿两代人皆自尽于城中，亦是何等离奇之命运。

　　唉，如果大坂之战时我仍留在淀夫人身边侍奉，虽然帮不上忙，但也能像在小谷城时安慰她母亲大人般，做点什么讨她开心的事情，也终于能陪她同赴黄泉，向夫人谢罪。然而那时我只能每日听着枪声，焦虑不安，痛恨自己的不幸。话说攻城之时，片桐市正大人竟然倒向了关东军，朝秀赖公①与淀夫人所在处开炮，这又是什么天理？片桐市正大人从前在贱岳之战中被誉为"七杆枪"②之一，也正是自那时起被提拔重用，深受秀吉公之恩。世间传言，太阁殿下临终时还叫他至枕边，说："秀赖就拜托你了。"遗言中再

① 丰臣秀吉与淀夫人的儿子。
② 贱岳之战中丰臣秀吉手下表现出色的七名武将。

三托付。连我们这样的普通人都知道，如此受人重托便要尽忠守信，然而那位大人，我也只能小声点说，却谄媚于权现大人①之威势，忘了丰臣家的大恩，表面上装成忠义的样子，暗地里却勾结关东军。不，不，不管别人怎么说，事情就是如此。找理由也要分情况，有人为市正大人诡辩，褒扬他用心良苦，但他接下的是为敌人放炮的任务，丧尽天良地往少主和夫人所在处发射炮火。这算哪门子忠臣？连我这种远离红尘的盲人按摩师都看得明明白白。因为此事，我当时对市正大人恨之入骨，如果眼睛看得见，就潜入军营给他一刀以泄恨了。

说到恨，关原之战时在大津叛变的京极宰相大人之行为，也令人愤恨。那位大人，虽然与阿初小姐订了婚，却在大坂军攻来之前从北庄逃跑，投奔若狭的武田家。等到武田家也被灭了之后，终于上天无路、下地无门，如浮萍般四处漂泊。他最后得以赦免、获得城池封赏，是多亏了谁呢？这其中可能有原来武田

———————

① 即德川家康。

大人之遗孀松丸夫人说情的原因，但更重要的是他与淀夫人沾亲带故的缘由吧。第一次是攀上小谷夫人，第二次是仰仗她女儿的情分，两次都是在危急关头救他性命。然而他忘记了自己在大雪中逃难的情形，在紧要关头叛变，搅乱了大坂军的阵脚。唉，唉，现在我说这些也没有用了。令人懊恼之事，悔恨之事，数也数不尽。到如今，宰相大人也好，市正大人也罢，都已经去世，连权现大人也已经薨逝，一切都如梦幻一场。回想起来，那些了不起的人物都已经不在人间，我这把老骨头还能活多久？自元龟天正年间到现在，我已在人世经历太久，如今除了祈祷身后事已别无所求，唯有希望将这些故事讲给谁听一听。

啊，您说什么？您问夫人的声音是不是还总在我耳边响起？那是当然。她所说言语中的每个细节，弹琴时的歌唱，都时时在我耳边回响。语声清朗，珠圆玉润。音色绝妙，兼具黄莺之高亢鲜活与白鸽般醇厚绵柔。阿茶茶小姐的声音也与夫人极为相似，旁人甚至时时听错。因此我十分清楚太阁殿下对淀夫人有多么宠爱。太阁殿下的丰功伟业，世人皆知，然太阁殿下内心深处之所想，我敢说只有我早早就知晓了。啊，一想到我竟然窥探到了那样一位伟大人物的内心，更曾三生有幸地背过右大臣秀赖公的母亲淀夫人，对于这个世界我还有什么不舍呢？不，客官，我已经够了。不知不觉耽误您这么久，让您听我这老头子絮叨个没完。我家里也有老婆，但这些事对老婆孩子都没讲得这么细过。无妨，无妨，但请将我这可怜的盲人师傅的故事写下来，说与后人听，我唯有感激不尽。那么，请您放松下来。趁着夜还不太深，再给您按按腰吧。

终

后记

*《盲目物语》一书虽为后人所作，却并非凭空杜撰。三品中将忠吉大人[1]在位期间，清洲朝日村柿屋喜左卫门撰《祖父物语》(又名《朝日物语》)一书。书中有云，"太阁与柴田修理相争，互比武力。又，信长公之妹阿市夫人，乃淀夫人之母，近江国浅井之妻，号称天下第一美人，为太阁所倾慕。柴田至岐阜，与三七殿下议亲，迎娶阿市夫人。太阁闻讯，出兵江州长滨，欲阻柴田归越前云云"。又曰，"柴田困于北庄，太阁遣僧为使，云，昔日朋辈，愿保一命。然众人皆道，此为虚，实为谋取阿市夫人"。

*《佐久间军记》[2](《佐久间常关物语》)之"胜家成亲"一章中有云，"胜家娶浅井长政之遗孀，并携其三女归越前。秀吉遣使告胜家曰，归国途中令秀胜（信长四子，秀吉养子）设宴为其庆祝，胜家欣然

---

[1] 松平忠吉（1580—1607），德川家康的四子，庆长五年受封尾张国，成为清洲城主。

[2] 江户初期，佐久间常关所著军记，记录自战国时代至江户初期佐久间一族的历史。

应允。然胜家之家人从北庄至清洲迎接，胜家半夜出清洲，并告秀胜称，因越前有急事，星夜兼程经行此地，不能如约赴宴云云"。

*据《志津岳会战①事小须贺九兵卫述》记载，清州会议于安土举行，当时"柴田与太阁意见不合，互生怨怼，其时丹羽长秀与太阁共宿一处，长秀以足轻抵太阁，示意其小心，太阁会意，连夜返回大坂云云"。《佐久间军记》亦有"秀吉当夜频频如厕小便"之记录。然此事项并未见于《甫庵太阁记》②等，存疑。

*蒲生氏乡遗孀之墓，位于今京都之百万遍智恩寺境内。其于宽永③十八年五月九日因病殁于京都，行年八十一岁，法名为相应院殿月桂凉心英誉清熏大禅定尼。秀吉得知此遗孀容颜秀丽，氏乡死后欲迎其为妾。然遗孀不从，以致蒲生家由领会津百万石俸禄

---

① 即贱岳之战。
② 小濑甫庵（1564—1640），所著《太阁记》为讲述丰臣秀吉生平的最有名的传记。
③ 1624—1645年。

贬至宇都宫十八万石俸禄。详细情形见《氏乡记近江日野町志》。

　　*一般认为，三味线乃永禄年间从琉球传来，而其为小调伴奏却是始自宽永前后。不过据高野辰之[1]博士所著《日本歌谣史》记载，天文年间三味线便已流传于艺伎之手。从《室町殿日记》中亦可知，风雅人士早已用三味线弹唱流行歌曲。此说法同《歌谣史》。本书之盲人亦为此等风雅人士之一也。余之三弦师父菊原检校[2]为大阪人氏，对当下几已废绝之古三味线组曲颇有心得，其中见于《闲吟集》[3]之"木幡山行尽，伏见月为枕"一歌，长崎圣母玛利亚之歌，及其他许多珍奇歌词，余俱曾听过。歌词虽短，但同句反复吟唱，加之三味线的间奏亦比歌词长数倍，听来与琵琶无异。

　　*三味线指板上用"伊吕波"做标记，不知始于

---

① 高野辰之（1876—1947），日本国文学者。
② 菊原琴治（1878—1944），盲人音乐家。对谷崎润一郎有很大影响。
③ 1518 年编成的歌谣集。

何时。现在净琉璃中三味线的弹奏仍沿用此法，余之友人九里道柳子① 精于此道，乃告于余。

昭和辛未年② 夏日
于高野山千手院谷③

陈海燕　译

---

① 　九里四郎（1886—1953），西洋画家。
② 　1931 年。
③ 　和歌山县伊都郡高野町高野山千手院。

图书在版编目(CIP)数据

春琴抄 /(日)谷崎润一郎著；杨本明，陈海燕译 . —
桂林：广西师范大学出版社，2022.1
(小阅读·经典)
ISBN 978 - 7 - 5598 - 3973 - 2

Ⅰ. ①春… Ⅱ. ①谷… ②杨… ③陈… Ⅲ. ①中篇小说
－小说集－日本－现代 Ⅳ. ①I313.45

中国版本图书馆 CIP 数据核字(2021)第 125000 号

春琴抄
CHUNQIN CHAO

出 品 人：刘广汉		策　划：木曜文化	
责任编辑：刘　玮		助理编辑：陶阿晴	
装帧设计：朱赢椿　小　羊		封面插画：风　四	

广西师范大学出版社出版发行

（ 广西桂林市五里店路9号　　　邮政编码：541004 ）
（ 网址：http://www.bbtpress.com　　　　　　　　　 ）

出版人：黄轩庄

全国新华书店经销

销售热线：021 - 65200318　021 - 31260822 - 898

山东临沂新华印刷物流集团有限责任公司印刷

(临沂高新技术产业开发区新华路1号　邮政编码：276017)

开本：787mm×1168mm　　1/32

印张：6.375　　　　　字数：89 千字

2022 年 1 月第 1 版　　2022 年 1 月第 1 次印刷

定价：58.00 元

如发现印装质量问题，影响阅读，请与出版社发行部门联系调换。